10
18
12, AVENUE D'ITALIE. PARIS XIIIe

Sur l'auteur

Depuis *Son frère*, publié en 2001 et adapté par Patrice Chéreau, Philippe Besson est devenu un des auteurs incontournables de sa génération. Il a publié seize romans, dont *En l'abscence des hommes*, *L'Arrière-Saison*, *La Maison atlantique*, *Vivre vite* et *Les Passants de Lisbonne*. Il signe également de nombreux scénarios de fiction, et collabore notamment avec la réalisatrice Josée Dayan. *Un tango en bord de mer*, sa première pièce en tant que dramaturge, a été jouée à Paris à l'automne 2014 et publiée chez Julliard, puis reprise à l'automne 2015 au théâtre du Petit Montparnasse. Après *« Arrête avec tes mensonges »*, son nouveau roman, *Un personnage de roman*, a paru aux éditions Julliard.

PHILIPPE BESSON

DE LÀ,
ON VOIT LA MER

10
18

JULLIARD

Du même auteur
aux Éditions 10/18

SE RÉSOUDRE AUX ADIEUX, n° 4095
EN L'ABSENCE DES HOMMES, n° 4188
UN HOMME ACCIDENTEL, n° 4189
L'ARRIÈRE-SAISON, n° 4246
UN GARÇON D'ITALIE, n° 4300
SON FRÈRE, n° 4301
LA TRAHISON DE THOMAS SPENCER, n° 4302
LES JOURS FRAGILES, n° 4406
RETOUR PARMI LES HOMMES, n° 4513
UNE BONNE RAISON DE SE TUER, n° 4628
▶ DE LÀ, ON VOIT LA MER, n° 4654
LA MAISON ATLANTIQUE, n° 4887
VIVRE VITE, n° 5030
LES PASSANTS DE LISBONNE, n° 5166

ISBN 978-2-264-06277-2

À Fanny Ardant

« Tout s'est joué en deux secondes, je voudrais savoir lesquelles. »

Paul GUIMARD, *Les Choses de la vie*

Quand l'histoire commence, on est dans la violence de l'été, l'extravagante violence des étés italiens. Le soleil frappe si fort qu'il rend insoutenable au regard le blanc des façades alentour. Il fait aussi la pierre brûlante : impossible d'aller pieds nus. La mer au loin est étale, striée de reflets, on dirait des diamants. Et puis, il y a ce bleu, le bleu du ciel, partout, sans taches, électrique, tellement pur. Et pas un souffle d'air.

Aux premières heures de l'après-midi, une torpeur plonge la ville dans le silence. Les hommes s'adonnent à la sieste, étendus tels des cadavres dans des chambres aux volets mi-clos, les femmes s'occupent dans une sorte de clandestinité, elles sont frappées de lenteur, elles ont perdu la parole. Pas un bruit, sauf parfois l'aboiement fatigué d'un chien, le grondement d'une Vespa.

On raconte que la pesanteur zénithale du soleil en a jeté quelques-uns dans la folie. On colporte des histoires, celle de gens dérangés, assis sur des chaises de paille, alignés contre un mur où la peinture s'est écaillée, dans des ruelles pavées, hagards et impuissants, immobiles désormais, et dont les yeux sont figés : leur raison aurait été vaincue. Elles sont sûrement vraies, ces histoires.

Pourtant, c'est septembre aujourd'hui. Comment croire que l'automne sera bientôt là ?

Acte I

Louise s'est installée dans la maison d'Anna, voici quinze jours.

Son avion en provenance de Paris s'est posé à Pise, elle a effectué les vingt kilomètres qui la séparaient de Livourne dans un véhicule de location récupéré à l'aéroport. Malgré le désordre, la fantaisie des indications, elle a trouvé son chemin tout de suite, ne s'est pas trompée, elle a triomphé des pièges ; la chance probablement.

La maison aussi, elle l'a repérée sans difficulté. Anna avait dit : « Tu verras, c'est facile, tu ne peux pas la manquer, elle est juchée sur un promontoire au sud de la ville, là où naissent les collines, elle surplombe la mer, on l'aperçoit de la route. » Et c'est exact : une fois qu'on a échappé au labyrinthe du centre, elle s'offre, comme un trophée, une récompense.

Louise a emprunté l'allée bordée de cyprès et immobilisé la voiture. Elle n'a pas descendu les bagages tout de suite, n'est pas non plus entrée immédiatement dans la maison. Non, elle a fait quelques pas en direction d'une digue et la plage s'est déployée devant elle. Dans cette enclave de sable, protégée, elle a seulement remarqué des enfants jouant autour de leurs mères indifférentes, il était dix-huit heures. Peu de touristes, pas de baigneurs. Seulement la chaleur. Une chaleur accablante qui l'a presque fait chavirer.

Elle est revenue calmement vers la villa. En poussant la porte, elle a découvert un vaste salon dépouillé, au mobilier contemporain, aux lignes simples, où la lumière s'engouffre. Aperçu, dans l'enfilade, une cuisine paysanne au carrelage frais, et, sur le flanc, un bureau dont la fenêtre s'ouvre sur le jardin. Au premier étage, une chambre tapissée d'un bleu lavande, traversée de poutres, décorée à l'évidence par une main féminine ; la salle de bains, quant à elle, est ornée d'une baignoire fin de siècle. Louise s'est affalée sur un grand lit blanc dans une deuxième chambre, ombragée celle-ci ; les branches d'un olivier envahissant les carreaux. Ça ne sentait pas le renfermé mais, au contraire, le parfum des pièces juste lessivées et aérées en grand. Seuls certains livres disposés sur les étagères ou les meubles suintaient le moisi, comme quelquefois dans les résidences secondaires. Louise a pensé : les lieux sont de passage. Ça tombe bien : elle est une femme de passage.

Écrire le livre. C'est pour cette unique raison qu'elle est venue ici : écrire le livre. Elle sait, d'un savoir imbattable, la solitude qu'une occupation comme celle-ci exige, presque une sauvagerie. La villa l'enferme dans cette sauvagerie.

Ça empire avec les années. Au début, elle réussissait encore à écrire à Paris, dans l'appartement de la rue d'Alésia, le bureau donne sur une cour pavée. Pour autant, elle était souvent dérangée, écartée de l'écriture : le téléphone, un rendez-vous, un coursier, et puis les dîners ; et puis l'homme dans ses jours. Progressivement, elle a eu besoin d'un certain retranchement. Elle a acheté une maison, là-bas, du côté de son enfance, elle l'appelle la maison atlantique. Trois heures de train, et la quiétude, et le désert des plages, l'hiver, et le pas ralenti des vieillards, et la tristesse absolue des cités balnéaires hors saison. Mais le dehors finissait encore par la rattraper : il fallait remonter, rencontrer des gens, céder à la mondanité, offrir son visage à des caméras, répondre à des questions, toujours les mêmes, et aussi ne pas se couper complètement de ceux qui prétendaient l'aimer, exprimaient le désir de la voir. Après, elle a essayé les hôtels. Les chambres d'hôtel. Dans des villes neuves, des villes étrangères, où l'on parlait des langues inintelligibles. Elle a essayé le décalage horaire, les exils temporaires mais elle revenait, elle finissait par revenir. Car le manque la tenaillait, le manque d'une existence ordinaire, le manque de certains repères. C'était trop de décalage, de déconnexion. L'idée de la villa italienne, c'est Anna qui la lui a suggérée. Elle a dit : « Pourquoi tu n'irais pas là-bas ? C'est loin mais pas trop. C'est moins impersonnel qu'une chambre d'hôtel, c'est une maison mais ce n'est pas la tienne, et puis, tu raffoles de l'Italie, tu dis toujours que tu aurais dû naître là-bas, que tu ne comprends pas cette erreur originelle, ne pas être née en Italie. » Louise est partie pour Livourne.

Elle écrit le livre. Elle est tout entière dans cette occupation, dans l'invention quotidienne des phrases, dans la progression de l'histoire. Elle a installé son ordinateur portable sur une table en bois clair, disposée face à une baie vitrée. Devant ses yeux, la terrasse, les oliviers, le muret de pierres chaudes. Au-delà, elle devine la digue, l'enclave, le miroitement de la mer, cette idée merveilleuse d'une Toscane maritime.

Elle a abandonné il y a longtemps le crissement de la plume contre le papier. Presque tout de suite, en fait. Dès le premier livre achevé. Elle a dit : c'est trop d'efforts, trop de fatigue ; il lui avait fallu des mois pour revenir de cet épuisement physique. Elle a appris la facilité du clavier, l'agilité de ses doigts, la fluidité de ça, la facilité de ça. Et puis, surtout, elle a découvert que toutes ses erreurs disparaissaient, qu'elles s'effaçaient d'elles-mêmes. Plus de ratures. Il lui a semblé que l'écriture était moins heurtée, moins hésitante, moins blessée. Ce n'est qu'une illusion, bien entendu, mais l'écriture n'est absolument rien d'autre qu'une affaire d'illusion.

Donc elle écrit dans la chaleur épouvantable d'un été toscan qui ne veut pas mourir.

François est resté à Paris. François a appris à la regarder partir.

Au début de leur histoire, il n'a pas osé s'opposer à son désir de fuite, d'isolement, par peur de la perdre. Il devait penser : si je lui demande de rester, elle cessera de m'aimer, je ne dois pas attenter à sa liberté même si sa liberté m'est une souffrance. Ensuite, il y a eu une période au cours de laquelle il s'est cru assez fort pour poser des revendications. Il était certain qu'elle tenait trop à lui, qu'elle ne courrait pas le risque d'une dispute, céderait à son injonction muette de ne pas s'éloigner. Il se trompait. Un jour, tandis qu'il se drapait dans le mutisme afin de lui faire comprendre que ses disparitions lui pesaient, elle lui a dit posément, sans hausser la voix : « Si je dois choisir entre l'écriture et toi, alors je choisis l'écriture. » Il aurait pu la quitter, prendre ses affaires, ficher le camp, elle l'aurait accepté, on ne prononce pas une sentence pareille si on n'est pas prêt à en accepter toutes les conséquences. Il ne l'a pas quittée. Il a baissé la tête, vaincu pour toujours. Depuis, il ne lui objecte plus rien lorsqu'elle décrète un nouveau départ, une réclusion supplémentaire. Il l'embrasse et referme la porte de l'appartement derrière elle. Il ne lui demande même pas quand elle escompte rentrer. Il sait que la question demeurerait sans réponse : elle l'ignore elle-même. Simplement, il murmure : « Je pourrai te rendre visite de temps en temps ? » Et elle lui dit : « Oui, bien sûr, ça me fera plaisir, au contraire, viens, rejoins-moi quelquefois, j'ai besoin de toi, tu me manqueras, n'en doute pas, ce sera bien de se retrouver, pour quelques heures, un week-end peut-être », et le reste du temps, ils se parlent au téléphone, le soir quand il rentre de son travail, quand il ne sort pas dîner avec des amis. À ceux qui l'interrogent, il réplique : « Louise écrit. » Et, désormais, personne ne s'en étonne. Ses absences ne font plus l'objet d'aucune interprétation. D'aucuns la tiennent pour une originale, ou une égoïste, mais la plupart s'accommodent de son comportement et accompagnent François, remplissent ses soirées afin qu'il se sente un peu moins seul. Oui, ils ont trouvé un modus vivendi. C'était à prendre ou à laisser.

Depuis combien d'années ils vivent ainsi, elle ne le sait pas précisément, elle ne possède pas la science des dates, des durées. Les femmes, en général, n'oublient pas ce genre de choses, elles peuvent répondre de manière très précise, au mois près, tout de suite, sans réfléchir, sans avoir besoin de réfléchir, elle non, elle en est incapable. Elle dit : « Des années », une formule imprécise, ce n'est pas de la désinvolture, simplement elle n'a pas cette forme de mémoire, et puis elle ne tient pas de comptabilité, cela n'a aucune importance, pour elle le temps accumulé ne signifie rien, ne mesure rien, il ne constitue pas non plus une garantie, il l'indiffère.

C'est pareil avec les livres. Elle ne sait pas affirmer avec certitude quand ils ont été faits, il y a même des phrases qu'elle ne se rappelle pas du tout avoir écrites, il arrive qu'on la cite en sa présence et elle ne reconnaît pas ses mots. Le seul livre qui importe, c'est celui qui est en cours. Les autres se sont effacés. Cela ne l'empêche pas d'être fière d'eux le plus souvent mais ils appartiennent au passé, ils sont devenus lointains, leurs contours sont flous.

Elle est sans amarres. L'unique attache est au livre en train de s'écrire.

Au large, des pétroliers au mouillage. Quelque chose du Havre ; ne manque que la fumée des usines. Les bâtiments lourds, d'acier, de fonte, de rouille, immobiles, attendent d'appareiller pour des destinations qu'on imagine volontiers lointaines, des pays de sable, de moiteur.

Plus près, arrimés, effleurant la pierre des quais, les ferries, qui font le trajet vers la Corse, la Sardaigne, et puis reviennent, et déversent leurs flots de touristes. Inlassablement, Louise contemple le ballet lent des ferries, entre les îles et le continent. Elle est cette femme-là, qui regarde les bateaux aller et venir, ce voyage toujours recommencé.

Dans le décor, les grues du port, gigantesques, menaçantes, dinosaures de ferraille, ou bien flamants au cou interminable, c'est ça, des oiseaux qui grincent, qui s'élèvent sans s'envoler. Les grues pivotent, tournoient, déposent des cargaisons, délicatement, déplacent des tonnes avec une grâce singulière. Elle aime leur mouvement précis, aérien, dangereux.

Il faut parler des hommes, aussi. Ceux du port, qui dansent parmi les cordages, se faufilent entre les containers, organisent des manœuvres en agitant leurs bras, en exécutant des signes inintelligibles au profane. Ceux qui sont dans l'effort, muscles bandés, veines gonflées, charriant des marchandises, tirant sur des câbles, déplaçant des colis dont Louise cherche à deviner le contenu. Ceux aussi qui portent des uniformes d'opérette, se tenant raides au bout d'une passerelle, aidant les étrangers à débarquer, les saluant cérémonieusement. Ceux encore dans leurs habits de marin, qui partiront, peut-être pour longtemps, qui affronteront la mer, les jours et les nuits en mer, qui abandonnent leur famille, et qui ont une pâleur russe et, dans le regard, quelque chose qui les tient à l'écart.

Voilà, dans les moments d'oisiveté, quand l'écriture ne surgit pas, elle va marcher sur le front de mer pour voir les hommes. Écouter leurs voix, leurs interpellations viriles, leurs murmures, leur ahanement, et même leurs silences têtus. Sentir leur odeur, celle de l'effort ou celle du large.

Ils lui adressent parfois des coups d'œil furtifs, où ne pointe aucun désir, juste une curiosité de circonstance. Elle est la femme française qui s'est installée là-haut, sur le promontoire, dans la villa, la femme en villégiature. Ils doivent se moquer de ses grands airs, de sa façon d'arpenter le quai, comme ça, dans la langueur. Ils doivent dire : Qu'est-ce qu'elle croit ? Qu'elle va nous aguicher ? Comme si on pouvait s'intéresser à elle. Qu'elle nous laisse tranquilles. Qu'elle retourne à sa terrasse, à son soleil. Elle sent l'animosité sourde des hommes du port, sans en être blessée.

Par intermittence, une corne annonce un départ, c'est un chalutier qui va se désencastrer, un paquebot qui rejoindra les îles. Le désenclavement est pénible tout d'abord, la sortie d'un engourdissement, c'est très précautionneux. Et puis, à mesure que le bateau s'éloigne, il prend de la vitesse, de l'assurance, il laisse derrière lui une écume bouillonnante, il laisse Louise seule debout sur le quai la main en visière.

Graziella, la gouvernante, vient tous les matins entre dix heures et midi. Anna tenait beaucoup à ce que son auguste invitée ne soit pas dérangée dans l'écriture par les choses matérielles. Louise a eu beau lui expliquer qu'elle savait tenir une maison, préparer à manger, s'occuper d'elle, Anna n'a rien voulu entendre. Elle a bien fait d'insister : Louise aime beaucoup la présence de Graziella. Parfois, elle est le seul être humain qu'elle croise dans la journée, la seule personne avec qui elle échange une parole.

Quand elle prend son service, le plus souvent Louise est à peine réveillée. Du reste, c'est le bruit des ustensiles dans la cuisine et l'odeur du pain grillé qui la tirent du lit. Elle descend la rejoindre, presque à tâtons, veillant à ne pas chuter dans l'escalier, faisant glisser sa main sur le mur pour ne pas perdre l'équilibre et suivre son chemin. D'humeur égale, Graziella l'accueille chaque jour avec le même sourire discret, le même salut bref où l'autre croit discerner de la timidité. Que lui a dit Anna ? Que la romancière n'était pas matinale ? Que rien ne devait venir la perturber ? La prend-elle pour une de ces artistes dont l'inspiration est si miraculeuse, les nerfs si fragiles et l'ego si surdimensionné qu'il convient de se montrer distant et respectueux ? La gouvernante, en tout cas, ne se départ jamais de sa réserve. La barrière de la langue les tient également éloignées l'une de l'autre. L'italien de Louise reste imprécis, même si, à force de séjours dans ce pays, il s'est nettement amélioré. En fait, elle ne met pas toujours l'accent sur la bonne syllabe. Or l'italien est une langue d'accent. Ne pas le placer au bon endroit, c'est l'assurance de ne pas être compris. Louise n'est pas certaine que son interlocutrice comprenne toujours ce qu'elle tente de lui raconter. Cependant, la communication s'établit au fil des matinées.

Graziella doit avoir dans les quarante-cinq ans, son mari possède un petit restaurant de poisson sur le port, un « cabanon », elle n'a pas voulu travailler avec lui, prétendant que c'est mauvais pour un couple quand mari et femme sont toujours sur le dos l'un de l'autre. En réalité, elle a refusé une forme d'asservissement, entendant ne pas recevoir d'ordres de l'homme, ne pas dépendre de lui. Elle se préfère vagabonde, de maison en maison, sur le bord de mer, multipliant les patrons pour n'en avoir au final aucun, une passante discrète dans la vie des autres, munie de trousseaux de clés, une silhouette parmi les meubles, insaisissable, silencieuse, vite repartie.

Elle a deux enfants, elle l'a avoué aujourd'hui, du bout des lèvres, comme s'il s'agissait d'un secret. Cette réticence, Louise l'a considérée comme le souhait de ne pas se lier, de ne pas créer d'intimité. Si elle a consenti à répondre à la question, c'est sans doute uniquement parce qu'elle sait que la femme française n'est pas vouée à rester, elle finira par regagner son pays, ce qu'on lui dit ne sera pas répété. Graziella n'a pas envie qu'on parle d'elle, même si elle n'a rien à cacher.

Son fils a vingt et un ans, il a été admis à l'Académie navale, qui forme les officiers de la Marine militaire. La mère n'a pas besoin de préciser qu'elle est fière, on ne voit que ça, sa fierté, dans l'éclat du regard, dans le vacillement de la voix. Sa fille a seize ans, elle va encore au lycée. Impossible de savoir si elle est une bonne élève ou non. Graziella ne s'appesantit pas. Elle s'en retourne soudain vaquer à ses occupations. La conversation est terminée. Elle aura duré moins de cinq minutes.

Louise sort sur la terrasse pour terminer son bol de café. Derrière la baie vitrée, la gouvernante range son désordre, sans paraître la juger, comme s'il était normal de mettre de l'ordre dans l'existence d'une étrangère qui écrit des livres.

Louise n'a pas d'enfants.

Elle dit : « Je n'en ai pas voulu. Jamais. »

Elle se doute qu'elle ne devrait pas dire des choses pareilles car *des choses pareilles* la rangent aussitôt du côté des monstres. Les femmes qui n'ont pas le désir d'être mères ne sont pas des personnes normales, elles déchoient, elles appartiennent à une lumpen-féminité, à une infériorité imprescriptible. Les femmes qui ne sont pas douées d'instinct maternel sont suspectes de cruauté, chargées d'infirmité en tout cas, leur cas n'est pas défendable, elles n'ont même pas droit à la parole, on les réduit au silence, on les cache comme une maladie honteuse. Les femmes volontairement sans descendance sont marquées au fer rouge de la honte. Qui plus est, elles accroissent la souffrance de toutes celles qui auraient bien voulu et n'ont pas pu, elles sont une provocation insupportable, portent une faute impardonnable. Louise est de ces femmes-là, peu nombreuses, mais coupables, sans circonstances atténuantes, un danger pour l'humanité, pour sa survie.

Non, pas d'enfants.

Pas voulu.
Jamais.

Elle a cherché les raisons de cette carence absolue de désir. Non pour se dédouaner, ni pour espérer qu'on l'excuse (elle estime ne pas avoir d'excuses à présenter, elle n'a commis aucun péché pour lequel il conviendrait de l'absoudre), simplement elle a admis qu'elle appartenait à une minorité et souhaité en débrouiller les motifs. Pourtant, elle n'est même pas certaine qu'il y en ait, des motifs. Peut-être tout ceci n'est-il pas affaire de choix, mais de nature. Peut-être naît-on démuni de la volonté de se reproduire, comme on naît avec des yeux bleus. Néanmoins, elle a fait l'effort d'envisager l'hypothèse de l'acquis. Alors quoi ? Refus d'imiter ses parents, si peu aptes à être parents, si peu préparés, si blessants dans leurs manières, si vulnérants ? Peut-être. Il fallait ne pas perpétuer cette tradition d'incompétence parentale. Car, à bien y réfléchir, elle a été ballottée, ignorée puis étouffée puis éloignée. Elle a reçu peu d'amour, puis trop mais c'était de l'amour factice, fabriqué. Elle a constitué une charge, puis un enjeu, enfin un vague agacement. Et elle n'a pas eu les moyens de s'opposer à ce destin, cette déformation. Enfant hébétée, craintive, silencieuse. Adolescente trans-bahutée, transformée en bagage, ou en trophée. Et seule, toujours seule, sans frère ni sœur, unique, fille unique, jamais choyée cependant, jamais gâtée, ou alors par hasard, ou par calcul. Renonce-t-on à être mère quand on a été fille dans ces conditions ? Il y a autre chose : elle ne sait pas parler aux enfants, pas les toucher, quand on lui en dépose un dans les bras elle tente aussitôt de s'en débarrasser, elle ne sait pas raconter des histoires, préparer des bains ou des repas, elle n'a pas la patience, pas non plus la vigilance. Voilà, elle est étourdie. Avec elle, les enfants s'ouvriraient le crâne sur le coin d'une table basse, traverseraient la route sans regarder, se sauveraient sans qu'elle s'en aperçoive. Ils exigent une attention dont elle est absolument dépourvue. Et puis, l'écriture emporte tout. Même un enfant n'aurait pas fait le poids contre elle. L'écriture prend toute la place.

Louise n'a pas d'enfants.

Graziella n'a pas réussi à réprimer une moue.

Elle est veuve.

Dans le livre en train de s'écrire, Louise est veuve.

Elle est celle dont le mari est mort, loin, dans une catastrophe, et qui attend qu'on lui confirme l'irréparable, puis qu'on lui rende un cadavre. Celle qui se bat contre la distance, contre le désespoir, contre l'espoir aussi, et contre le chaos du monde.

C'est cette histoire qu'elle raconte.

Pourquoi, elle n'en sait rien.

Car elle ne sait pas du tout d'où viennent les histoires, comment elles adviennent. Elle sait simplement qu'un jour, ça surgit, c'est là, comme une évidence, comme une certitude. L'instant d'avant, il n'y avait rien, pas la plus petite idée, pas même une prémonition, et puis un déclic se produit, un accident et l'histoire s'impose, il ne reste plus qu'à l'écrire. L'écrire, c'est la chose la plus facile, la plus maîtrisable. Mais l'apparition de l'idée, là, elle n'a aucune prise. Personne ne la croit lorsqu'elle affirme cela. Pourtant, c'est l'exacte vérité. Pourquoi mentirait-elle ? Pourquoi mentirait-elle à ce sujet ? Quel intérêt y aurait-il ? Ce serait plus crédible d'évoquer une lente maturation, une sédimentation, une édification.

Plus crédible que ça : un surgissement. Comme si l'inspiration la guidait, comme si tout avait quelque chose d'ineffable, d'inéluctable. Les gens la prennent pour une illuminée. Il y a de meilleures réputations.

Un jour, elle a pensé : je vais être cette femme à qui on annonce que son mari a disparu, dans un cataclysme à l'autre bout du monde. Et les images de la télévision, des années plus tôt, n'étaient pas responsables d'une telle décision. Bien sûr, elle les avait vues, ces images, comme tout un chacun. Pour autant, elles n'avaient pas déclenché de livre, elle n'avait pas songé à en faire de la littérature. En réalité, elle a envisagé la femme veuve avant d'imaginer les circonstances de son veuvage. Ce qui l'intéressait, c'est qu'il y ait un doute sur le décès du mari, que ce ne soit pas un fait établi, qu'il s'écoule du temps entre l'annonce de la disparition et celle des raisons de cette disparition, comme un temps d'amortissement, qui, en fait, est un temps de souffrance plus grande encore. Alors seulement, elle a pensé à une catastrophe. Et ce n'est pas à la Thaïlande, au Sri Lanka qu'elle a pensé. Parce que le réel ne lui vient pas naturellement. Ce qui lui vient naturellement, c'est le mensonge. Spontanément, elle ne fait pas appel à sa mémoire mais à son imagination. Elle s'est dit : imaginons que la faille de San Andreas se soit finalement ouverte, qu'elle ait englouti San Francisco, que le Big One, si souvent annoncé, ait finalement eu lieu. Louise est devenue celle qui perd son mari dans la plaie béante de la Californie.

Qu'on n'aille pas non plus lui demander pourquoi. Elle se plaît à répéter que ses romans ne sont le produit d'aucune névrose, ne ressassent aucune peur intime, ne veulent rien dire, ne délivrent aucun message. Elle aime au contraire qu'ils soient suspendus, reliés à rien, flottants, qu'ils disent une vérité qui n'est pas du tout la sienne, qu'ils racontent une vie qu'elle n'a pas vécue. Le livre n'est pas au-dedans d'elle. Il est au-dehors. C'est au-dehors qu'elle va le chercher. C'est une nouvelle maison qu'elle va habiter. Elle écrit le veuvage d'une femme, au cours d'un hiver, l'hiver d'une catastrophe américaine. Sur sa peau, à l'instant où les mots se forment, le soleil d'un été toscan qui s'en va. Rien à voir.

Elle a du mal à croire que c'est le même fleuve. Et pourtant, l'Arno, qu'elle a si souvent contemplé depuis le ponte Santa Trinita, dont elle connaît les flots placides par endroits et bouillonnants à d'autres, dont les eaux ont submergé Florence au milieu des années 60, a son embouchure non loin d'ici. Elle suppose que cela obéit à une certaine logique mais la géographie lui a toujours échappé et le cours des fleuves demeure pour elle un mystère. Il lui faut donc croire Graziella sur parole lorsqu'elle lui fournit ce genre de détails. Au reste, celle-ci semble décontenancée par les lacunes de son interlocutrice, même si elle accomplit de louables efforts pour ne rien laisser paraître.

C'est encore Graziella qui apprend à Louise que Livourne a été un village de pêcheurs, autrefois, il y a très longtemps. Et qu'elle doit à l'envasement de Pise, son auguste voisine, d'être devenue un port de transit. La ville a été fortifiée, les Médicis ont tenu à protéger ce débouché sur la mer. La petite baie naturelle ne s'attendait sûrement pas à se transformer en l'un des plus importants points de passage de la

Méditerranée et en ville-forteresse. Pendant de nombreuses années, elle a été une cité magnifique, dessinée par les meilleurs architectes. Au sein de ses remparts, on a inventé des places, des quartiers. Les années passant, on a aménagé des thermes, une station balnéaire, on a même inauguré un funiculaire. Mais les bombardements de la dernière guerre ont entraîné des dévastations irréversibles. Le passé a été rasé, on a reconstruit à la va-vite ; de la splendeur, il n'est resté que des traces. Néanmoins, au milieu de sa laideur toute neuve et très ordinaire, Livourne conserve des faux airs de Venise avec ses canaux et quelques maisons de villégiature cossues sur le front de mer. C'est bien peu. D'autant que Livourne, au fond, s'est toujours tenue aux marges de l'Histoire. Elle n'a produit qu'un grand homme, Modigliani, ce qui n'est pas si mal mais pas suffisant. Florence et Pise l'ont définitivement reléguée.

Graziella explique tout cela avec de la tristesse dans la voix (et Louise s'étonne que sa peine puisse être si vive). Elle regrette une grandeur qu'elle n'a pas connue.

Peut-être pour la consoler, la Française lui explique, en retour, que c'est sans doute ce qui lui plaît dans cette ville : ce destin manqué, cette ruine inscrite dans l'Histoire. Bien sûr, elle aime Florence mais Florence l'écrase. Elle ne se sent pas écrasée à Livourne dont la modestie est touchante. C'est l'Italie malchanceuse, bancale, ratée, où le passé ne gouverne pas.

Graziella regarde la Française comme si elle était folle. Elle n'a jamais entendu quiconque lui vanter les mérites d'un échec. Elle l'abandonne à ses divagations et s'en retourne à sa tâche.

L'autre sort sur la terrasse pour tenter de discerner les contours de la ville en contrebas. Elle aperçoit seulement des façades patinées, ébréchées, assombries par la pollution, des rues endormies, des portes cochères, une brume légère qui mélange le vent maritime et la fumée des vespas, des antennes de télévision sur des immeubles sales et sans charme, et se sent rassérénée. Elle va pouvoir s'en retourner écrire le livre. Il n'arrivera rien. Sauf ça, justement : le livre.

La mer est tranquille, ses flots miroitent. C'est une mer qu'on abandonne, qu'on déserte peu à peu. Les touristes ont déguerpi, ils ont regagné les villes, les pays, laissant derrière eux des bouteilles en plastique vides, des cornets de glace enfoncés dans le sable. Le travail a repris, la vie normale, les horaires de bureau. Les gens d'ici n'ont plus la tête aux vacances. Bientôt, les enfants disparaîtront à leur tour, définitivement happés par l'école. On ne les reverra plus. On ne verra plus leur blondeur. Il ne subsistera que les vieilles personnes, à la peau flétrie. Les commerçants sont fatigués, ils prétendent que la saison n'a pas été bonne ; ont-ils jamais prétendu autre chose ? Cette désertion plaît à Louise ; cette désertification. La solitude gagne. Et la mer. Victorieuse du tumulte, calme à nouveau, débarrassée du désordre.

À Paris, l'automne est déjà là. François parle de la pluie. Il dit : « C'est insupportable, il pleut sans discontinuer depuis quatre jours, on ne sait pas quand ça s'arrêtera. » Louise écoute son mari lui parler de la pluie, elle imagine la rue d'Alésia balayée par le crachin, les fenêtres dégoulinantes, les toits ruisselants, le pavé glissant, celui qu'on contemple depuis son bureau. François dit : « Je crois que nous n'aurons pas d'arrière-saison cette année. » Elle se rappelle aussitôt la douceur qui régnait l'an passé à pareille époque, une douceur miraculeuse ; le miracle ne s'est pas reproduit. Elle se demande si les couples qui ont la météo pour sujet de conversation sont ceux qui n'ont plus rien à se dire ou sont, au contraire, les plus solides.

Quand elle raccroche, elle sent à nouveau la chaleur sous ses pieds. Elle occulte dans l'instant ce qu'elle vient d'entendre.

Elle envisage d'aller se baigner mais renonce finalement, ne se sentant pas le courage de quitter la maison. Les efforts qu'elle est disposée à consentir ne la conduiront pas plus loin que la terrasse.

Elle feuillette les journaux du jour que Graziella lui apporte, ne comprend pas tout, elle ne connaît pas les visages des hommes politiques, ni des joueurs de football, les articles de *La Repubblica* glissent sur elle. Le réel lui parvient déformé, atténué, il ne l'atteint pas.

Elle s'apprête à retourner écrire. À renouer avec la folie d'inventer des mensonges en espérant que les gens y croiront. À retrouver la victime collatérale d'un chaos lointain.

Par la baie vitrée, elle aperçoit une silhouette. C'est un homme, un jeune homme, il se tient au loin, tire sur une cigarette, hésitant entre l'impatience et l'indolence. Impossible de distinguer son visage. Elle discerne seulement le noir de ses cheveux, la minceur du corps, le blanc des vêtements. À cet instant, Graziella prend congé, sans demander son reste. Cette brièveté n'est pas dans son genre. Elle referme la porte derrière elle et Louise constate qu'elle se dirige vers le jeune homme. Il l'embrasse comme on embrasse une mère, dans la gêne, encombré de sa carcasse, mais plein de respect, retenu par la pudeur. À l'évidence, il est le fils dont Graziella lui a parlé. Lui a-t-elle dit son prénom ? L'a-t-elle oublié ?

Le jeune homme, à nouveau, ce matin.

Il sonne à la porte. Louise a à peine le temps d'ouvrir, il dit (sans se présenter) : « Ma mère ne viendra pas aujourd'hui. » Il dit les mots précipitamment, comme pour s'en débarrasser. Il parle dans la timidité, dans la terreur. Il ne veut pas s'attarder. On ne voit que ça : son envie de décamper, de repartir. Pourtant, elle ne croit pas qu'on l'attende quelque part. En réalité, il s'acquitte d'une tâche, il accomplit un devoir. Sans doute, c'est Graziella qui l'a obligé à venir. Et soudain, Louise songe : Graziella aurait pu tout aussi bien téléphoner. Si elle ne l'a pas fait, c'est peut-être qu'elle en est empêchée. Elle pose la question. Elle dit : « Il est arrivé quelque chose ? » Il ne sait pas s'il doit répondre. Il est encore dans son désir de fuite. Et puis, il dit : « Un accident, elle a eu un accident, rien de grave, ne vous inquiétez pas, elle a été renversée par un scooter, on l'a amenée à l'hôpital, mais elle n'a presque rien, elle rentrera bientôt chez nous, plus de peur que de mal. » Dit-il vraiment : plus de peur que de mal ? Peut-être. Elle ne comprend pas tous les mots, percevant seulement le sens général. Elle dit : « Vous êtes sûr que ça va aller ? » Il la rassure : « Oui, oui, vraiment, juste des éraflures mais le docteur a voulu faire des radios. » Elle dit : « Et vous, ça va ? » Et il est décontenancé par la question, il ne s'y attendait pas, il est surpris qu'elle s'enquière de son état. C'est qu'il a l'air si affolé. Oui, tout à coup, sa précipitation ressemble à de l'affolement. Il ne répond pas. Elle dit : « Vous voulez entrer ? boire quelque chose ? un verre d'eau ? un alcool ? » Alors qu'elle escompte un refus, il s'engouffre dans la maison. « De l'alcool, oui. » Elle dit : « Du Martini, ça ira ? Je n'ai rien d'autre. » Martini, parfait. Le jeune homme se tient déjà au milieu du salon. Sur lui, la peur des fils. La peur des fils qui ont imaginé perdre leur mère. Les siècles de matriarcat italien dans son visage effrayé. Il lui fait pitié. Il la touche. Elle cherche le Martini dans les placards. Elle ne sait jamais où sont rangées les choses. C'est lui qui indique l'emplacement. « Là, devant vous. » Elle se saisit de la bouteille et lui sert un verre. Il avale le verre d'une traite, espérant probablement que les degrés vont apaiser sa panique. Il dit : « Je ne vais pas vous déranger plus longtemps. » Il cherche des yeux la sortie comme s'il avait oublié par où il est entré. Il ne sait pas quoi faire de son verre, elle le lui prend des mains. Elle dit : « Vous avez besoin de quelque chose ? Que je vous accompagne à l'hôpital ? J'ai une voiture. Je peux ramener votre mère chez vous. » Il dit : « Mon père s'en occupe. » Il ajoute : « Je ne sais pas quand elle pourra venir. Si vous voulez, ma tante la remplacera. Elle s'appelle Sophia. » Elle dit : « Ça n'a aucune importance. Ne vous préoccupez pas de cela. » Il reste dans l'insécurité, ses mouvements sont nerveux, son regard est fuyant, on jurerait qu'il a commis un forfait. Elle pose sa main sur son bras, afin de le tranquilliser. Il fait aussitôt un pas de côté, comme si elle l'avait brûlé, comme s'il avait été transpercé par de l'électricité. Il dit : « Je m'excuse. » Il répète. Elle voit le machisme italien déconfit, la virilité défaite, une débandade. Elle voit l'enfance resurgie tout à coup des profondeurs, l'enfance jamais abdiquée. Elle voit la mémoire du sang, les liens du sang. Elle pourrait embrasser le jeune homme. C'est ça : le geste qui lui semblerait le plus naturel, en cet instant, serait de l'embrasser. De se saisir de sa frayeur. De déposer de la tendresse. Elle n'en fait rien. Ils sont des étrangers l'un à l'autre. Elle dit : « Je ne connais même pas votre prénom. » Luca. Il dit : « Je m'appelle Luca. » Cette fois, il s'approche de la porte pour de bon, il s'en va. Elle se tient sur le seuil tandis qu'il s'éloigne. Et soudain, l'interpelle. Il se retourne. Il est dans le soleil énorme, dans le bleu du ciel. Elle dit : « Vous allez revenir, n'est-ce pas ? » Il dit : « Oui. » Sans hésiter.

Le dépeuplement alentour. Le dépeuplement encore accentué. Chaque jour, moins de gens. Chaque jour, elle croise moins de visages, aperçoit moins de silhouettes, entend moins de paroles jetées dans l'air doux et chaud. Le silence progresse. La solitude aussi.

La maison devient le lieu de cette solitude. Graziella ne reprendra pas son service avant plusieurs jours. Elle l'a annoncé au téléphone, Louise essayait d'interrompre ses excuses mais rien à faire, elle s'en voulait de ne pas accomplir la tâche confiée. Louise répondait que seul comptait son rétablissement, qu'elle pourrait se débrouiller par elle-même, l'autre n'écoutait pas, pas vraiment. Elle entendait dans le combiné le lamento des femmes italiennes qui n'est pas éloigné de celui des femmes orientales, une plainte bruyante en forme de repentance. Quand elle a finalement raccroché, le silence lui a paru plus lourd qu'avant. Plus dense, plus préhensible. Elle a inspecté les pièces. Pas beaucoup de désordre. Le calme, une tranquillité.

Seulement le souvenir du jeune chien, de son intrusion, de son désarroi, qui remplissait tout l'espace, qui comblait le vide. Quand la solitude pèse trop, elle convoque ce souvenir. Plutôt que d'appeler Paris.

Et puis elle écrit. Bien sûr. Elle écrit l'histoire de la femme seule, privée de son époux, disparu, et qui cherche dans un exil confortable un exutoire illusoire à son chagrin. La femme fait la connaissance d'un jeune homme, il n'a pas de prénom encore, il est flou, elle l'a remarqué pourtant, lui aussi l'a remarquée, pas de désir entre eux, pas de séduction, simplement la proximité des rescapés. Car lui aussi est un grand blessé, elle ne connaît pas encore sa blessure, elle attend qu'il la lui révèle, le temps viendra, elle est patiente, et puis elle a assez à faire avec ses propres tourments.

Soudain, il lui revient qu'elle écrit parfois des livres prémonitoires. Elle invente des histoires et celles-ci finissent par arriver. C'est une chose extraordinaire. Plus d'une fois, ce qu'elle a créé a fini par advenir. Elle possède un don de voyance. L'écriture, c'est ce don. Elle dit : « Je suis l'écrivain du pressentiment. »

Elle est loin d'avoir achevé le livre, ignore dans le détail le sort qu'elle va réserver à cette femme, à ce jeune homme, à leur exil, mais songe que parfois ce qu'elle imagine ne procède pas que du hasard.

Elle se remémore une phrase des *Choses de la vie*, qu'elle avait recopiée, un jour, dans un de ses petits carnets : « On ne fait que projeter autour de soi son petit cinéma intime. »

Sur la plage, un sac plastique est entraîné par le vent, il roule, interrompt sa course folle et la reprend, soulevé à nouveau, ballotté, il virevolte, monte haut et chute lourdement, avance précipitamment puis recule brièvement, semble la proie d'un esprit facétieux ou dément. Elle contemple, fascinée, son parcours chaotique. Et formidable.

Fin d'après-midi. Luca dans l'embrasure.

Mais ce n'est pas lui, pas tout à fait lui. C'est presque un autre.

L'autre jour, dans le salon, c'était un garçon, portant un jean, une chemisette bleue, une barbe de deux jours, une désinvolture, une urgence. Désormais, c'est un jeune homme sanglé dans un uniforme blanc (comme lors de sa toute première apparition, lointaine, imprécise), le visage glabre, le regard dur. Sa virilité a changé, elle n'est plus de la sensualité brouillonne, elle tient à son autorité, une autorité vaguement grotesque puisque sous l'uniforme, c'est encore une figure adolescente, disons qu'elle tient aux apparats de l'autorité. Il dit : « Je n'ai pas eu le temps de me changer. » Et, évidemment, elle ne le croit pas. Il se présente ainsi revêtu dans le but de l'impressionner, de témoigner qu'il n'est pas seulement ce chien fou qui s'est jeté dans ses pattes. Il ment et elle aime immédiatement son mensonge. Elle le lui dit : « J'aime bien l'idée que vous me mentiez. » Il fait semblant de ne pas comprendre. Se serait-elle trompée dans les mots ? Elle ne le pense pas. L'incompréhension du garçon est trop appuyée :

il la simule. Elle ajoute : « Moi aussi, je mens. J'en fais même profession. Votre mère a dû vous signaler que j'écris des romans. » Il sourit. Il ne dit rien. Il attend qu'elle lui octroie la permission de franchir le pas de la porte. Elle lui ouvre le passage, il se précipite.

Alors qu'elle ne lui demande aucune explication, il dit : « Je suis à l'Académie navale. Je veux devenir officier de la Marine militaire. » Elle se souvient que Graziella lui a parlé de ça, une école qui forme des marins, sur le port, un résidu de la grandeur italienne, elle n'y avait pas vraiment prêté attention. Il parle en articulant les mots, en séparant volontairement les syllabes, en haussant le ton, comme s'il parlait à une sourde, à une vieillarde, la tête légèrement penchée en avant, les yeux exorbités. Elle ne lui avoue pas qu'elle comprend sa langue, ayant envie de profiter encore un peu de ce déséquilibre entre eux, cet écart.

Elle dit : « L'uniforme vous va bien. » La fierté aussitôt. Un rengorgement. Il est si facile de flatter l'orgueil des hommes ! C'est désespérant. Mais elle est touchée aussi. Chez lui, il y a le contentement des enfants, qu'on félicite, qu'on encourage. Elle ajoute, avec une pointe de cruauté assumée : « Mais je vous préférais avant, je crois. » L'assombrissement immédiat. L'agacement. Un sentiment d'humiliation. Il lui fait soudain pitié. Elle s'en veut d'être hautaine. Dédaigneuse. Adulte.

Elle dit : « Qu'est-ce qui me vaut cette visite ? » Il laisse passer quelques secondes, il n'avait manifestement pas envisagé sa question, et puis, il formule la plus jolie des réponses, la plus désarmante : « Vous m'aviez dit que je pouvais revenir. » Il n'a pas d'autres motifs, pas de raison particulière, n'a même pas cherché une excuse. Elle lui avait dit qu'il « pouvait revenir ». Sa franchise, son intégrité. Tout ce qu'elle a perdu. Si elle a jamais possédé cela un jour.

Il est là, planté au milieu du séjour, dans le blanc de son uniforme, avec un sourire impossible et elle sait que l'histoire a commencé. Elle a écrit trop de livres pour ne pas comprendre que l'histoire a commencé.

Derrière la baie vitrée, la solitude de la plage, le silence exténué de Livourne, l'été interminable de la Toscane.

Elle contemple sa tête qui a roulé sur l'oreiller, ses paupières closes légèrement enflées, le duvet de barbe sombre qui a poussé durant la nuit, deux grains de beauté à la saillance de l'omoplate, la fermeté de son torse, les poils entortillés autour des aréoles, plus bas ceux qui font se rejoindre son nombril et son pubis, et le dessin des obliques à la naissance des draps. Il dort. Il s'est endormi presque aussitôt après l'amour. C'est le petit matin, il dort encore. Elle n'ose pas le réveiller.

Elle n'avait jamais envisagé de tromper son mari. Pourtant, elle se fiche bien de la fidélité, ayant toujours considéré qu'on doit disposer de son corps comme on l'entend, et que la question du sexe n'entre pas en concurrence avec celle de l'amour. Mais voilà, en dépit des dispositions de son esprit, l'envie de tromper François ne l'avait jusque-là jamais effleurée, la possibilité de le faire ne s'était jamais présentée ; jusqu'à hier.

Elle n'avait jamais envisagé non plus de coucher avec un jeune homme. Certes, elle n'a pas de goût pour les peaux relâchées, les ventripotences, ces calamités quadragénaires, mais elle n'a pas davantage d'attrait pour la jeunesse. En fait, depuis qu'elle a trente ans, elle vit avec François, qui prend soin de lui et la satisfait. L'inclination pour les jeunes gens lui a donc été épargnée. Et elle n'est pas concernée par cette pathologie jugée pathétique de la femme vieillissante cherchant dans la juvénilité une illusoire échappatoire à son âge.

Sauf qu'elle se retrouve étendue, dans l'aurore, aux côtés d'un garçon qui pourrait être son fils. Accident inattendu. Accident délicieux, néanmoins, et qui ne lui arrache pas un remords, ne provoque pas chez elle le moindre sentiment de culpabilité. Bien entendu, la chose la déconcerte mais elle ne lui accorde pas le statut – exigeant – de faute. Le péché, tout de même, ce serait autre chose.

Elle poursuit son lent voyage. Passé la ligne des draps, le sexe de l'homme forme une bosse. Quant aux longues jambes recouvertes par le coton blanc et froissé, l'une est droite, l'autre forme un angle aigu. Luca dort d'un sommeil insensible et immense, qu'on ne rencontre que dans l'enfance. Elle, normalement inatteignable dans sa solitude et son égoïsme, est éblouie et vaincue par le spectacle du grand enfant, et tente de fixer le souvenir de cet instant.

Elle se lève, enfile un peignoir léger, se dirige vers la baie, allume une cigarette et contemple la plage, le désert, comme dans une séquence cinématographique. Elle tire sur la cigarette, le gisant ne bouge pas, on jurerait qu'il est entre la vie et la mort et au fond, il y a un peu de cela. Elle revient vers le salon, la table d'écriture. Aussitôt, elle écrit ça : le corps étendu, après la sensualité, le corps repu. La scène finira dans un roman. Rien n'est perdu. Tout lui sert.

Il conduit trop vite, sans regarder la route, se tournant sans cesse vers Louise, souriant, fermant les yeux, jetant la tête en arrière, écartant d'un geste sec les boucles de ses cheveux dans ses yeux, riant à nouveau, hurlant dans le vent, accroché au volant comme aux commandes d'un avion, se soulevant de son siège, il conduit n'importe comment, une voiture décapotable mal en point que lui a prêtée un de ses camarades de l'Académie navale, une italienne rouge vif qui pétarade, il conduit au petit bonheur la chance dans les lacets des montagnes du Chianti, coupant les virages, longeant les fossés, dérapant sur le gravier, traversant les carrefours sans s'arrêter, flirtant avec les lignes, accélérant et freinant brutalement, mettant leurs vies en danger, défiant les lois de la gravité et celles des carabiniers, comme un gamin inconscient entre les mains de qui on a placé un bolide douteux, il conduit au milieu de paysages vertigineux, de collines verdoyantes, de forêts inattendues, de campagnes incendiées par le soleil, de vignes débordantes, de champs d'oliviers, de coteaux alambiqués, il conduit dans la moiteur étouffante, dans le souffle chaud des kilomètres avalés, dans l'automne caniculaire, et il semble si joyeux, si insouciant, si ressemblant à sa jeunesse, et elle le laisse faire, elle le laisse être cet homme-là, fier de jouer l'adulte et cependant tellement puéril, bêtement viril et délicieusement amoureux, et elle le regarde, sans se lasser, oubliant son âge, et le péril, et le cliché grotesque que représente une scène comme celle-ci, ne souhaitant retenir que la légèreté de l'instant, sa parfaite vacuité, elle porte des lunettes de soleil que n'aurait pas reniées Monica Vitti, elle a enroulé autour de son visage un foulard qui s'envole et elle se rappelle soudain qu'il existe un mot pour désigner – suprême raffinement – les pans d'un ruban de chapeau de femme, qui flottent sur la nuque, une image on ne peut plus délicate, dont on n'ose à peine croire qu'elle ait pu être fixée par le vocabulaire, un miracle de la langue française, un délice absolu, à peine croyable tant il paraît approprié, et ce mot, c'est « suivez-moi-jeune-homme », mais c'est elle qui le suit, le jeune homme insensé, ce rital peut-être fou, elle qui accepte sa folie, s'y soumet, elle qui s'enivre de sa fougue, vieille adolescente aux rides dissimulées derrière des cadrans sombres, ayant abdiqué toute intelligence, toute raison, calquant ses sourires sur ceux du jeune pilote, contemplant à peine la Toscane des vignobles, espérant que le moment s'arrête le plus tard possible, elle fait le vide, et songe que jamais elle n'a eu autant envie de vivre, que jamais la peur de mourir lui a aussi peu importé ; elle finit par fermer les yeux.

C'est lui qui a décidé cette expédition, dès son réveil, elle n'a pas eu le choix, « Allez, hop, on part », il a dit, et il n'y avait rien à discuter, elle était encore dans les limbes, dans l'épuisement de la nuit, mais non, il n'a rien voulu savoir, « Federico nous prêtera sa voiture », il a dit, « il me doit bien ça, habille-toi, on y va, il n'y a pas une minute à perdre. Tu verras, la route est belle, je l'ai faite souvent, c'est la campagne, on passait des vacances là-bas, loin de la mer. Quand on habite près de la mer toute l'année, il faut s'éloigner, sinon c'est impossible, on devient malade. Enfile une robe, dépêche-toi », elle a dit : « Mais on a tout le temps, on n'est pas pressés », il a dit : « Mais si, on est pressés, il faut tout faire dès qu'on le peut, il ne faut pas attendre. Jamais », et elle a passé une robe légère, elle a dit : « Au fait, pourquoi on ne prend pas ma voiture ? », il l'a contemplée avec une expression misérable, « Elle est juste bonne pour les bourgeoises, et puis elle n'est pas décapotable », alors elle l'a suivi jusque chez Federico, est restée dehors tandis qu'il parlementait, les gens la dévisageaient, elle l'a vu ressortir triomphant, agitant des clés dans sa main, et il a sauté dans la décapotable, sans ouvrir la portière, comme un garnement, elle l'a rejoint, il a démarré en trombe, ils ont roulé longtemps, avalé les kilomètres, il y avait de la musique dans le transistor mais ils n'entendaient rien, la musique était couverte par le bruit du vent et celui du moteur, et il riait à tout bout de champ et maintenant, ils sont là, arrêtés sur une place de village dont elle n'a pas mémorisé le nom, au pied d'une église, ils sont là, toujours assis dans la voiture, et il l'embrasse, et il pose sa tête sur ses genoux, et au clocher de l'église, seize heures sonnent.

C'est une chambre d'hôtel dont les fenêtres sont ouvertes sur une ligne de collines, au loin, et sur des pierres chaudes, en contrebas. Le papier peint est fleuri, ça sent l'encaustique, la cire sur les meubles anciens, sur le bois patiné, et puis le tabac froid des voyageurs de commerce, des touristes de passage, des amoureux éphémères, le lit n'est pas grand mais bien assez pour y faire l'amour, se presser l'un contre l'autre, s'accoupler, dans la frénésie des commencements, et se sentir, à la fin, repu, collant de sueur et de suc. C'est un hôtel, choisi au hasard, donc pas choisi, pas vraiment détaillé, dans lequel ils se sont engouffrés parce que le désir devait être assouvi, parce que l'urgence charnelle commandait, un hôtel à la sortie d'un bourg, sans charme apparent, idéal pour recueillir des amants pressés puisqu'il ne leur serait demandé aucun compte, puisque le patron, un homme gros et las, ne viendrait pas leur faire la morale d'un regard torve. C'est quelques heures de leur vie dans un lieu inattendu et finalement accueillant, quelques heures à quoi rien n'a ressemblé avant, à quoi rien ne ressemblera après, une parenthèse, une lubie.

C'est après l'amour. Luca a posé sa tête sur le ventre de Louise. Il aime décidément cette position, qui, elle, l'embarrasse un peu parce qu'elle la renvoie de façon implicite à un statut de mère qu'elle récuse.

Soudain, il se relève, se retourne vers elle, la scrute, longtemps, la détaille, comme pour vérifier qu'il ne se trompe pas, comme pour valider une réflexion silencieuse à laquelle il se serait livré. Il parle, il lâche les mots.

Il dit : « Tu es vieille. C'est là, sur le visage, la vieillesse. C'est les rides bien sûr, mais surtout c'est la peau moins éclatante, relâchée, et puis ici, à ton cou, cette ligne grasse, ce plissement. » Il ajoute : « En fait, ce n'est pas seulement le visage, c'est tout le corps, tout le corps envahi par la vieillesse. » Il dit les choses sans biaiser, sans retenir ses coups.

Il dit : « Sans doute tu devais être belle quand tu étais jeune. Sans doute les gens devaient t'aimer pour ça, cette beauté, ils devaient te faire des compliments et toi, tu devais y croire, et tu faisais bien d'y croire. Moi, je vois les restes. Je suppose que ça a existé, je suis certain que ça a été là, un jour. Mais c'est parti, ça s'est effacé. » Il parle de quelque chose de lointain, un passé qui lui est absolument étranger, une terre inconnue.

Il dit : « Mais je te préfère maintenant avec ce corps alourdi, les traits affaissés, la peau crevassée. Je t'aimerais moins s'il n'y avait pas tout ce temps sur toi, toutes ces années. Je pense même que je ne t'aimerais pas du tout. »

Il dit cela, qu'elle n'accepterait de personne, que nulle femme n'accepterait, et elle l'écoute, et elle admet ce qu'il dit, elle lui permet d'assener cette vérité violente, elle l'aime d'être capable de l'assener, de ne pas se l'interdire, de n'être pas dans la bienséance, l'hypocrisie.

Il repose sa tête contre les plis de son ventre.

Retour à Livourne. Ils dînent dans un restaurant de poisson, perché au-dessus de l'eau, sur un ponton de bois, non loin de barques qui clapotent lentement.

C'est lui qui a tenu à les amener là.

Puisque, de toute façon, il décide de tout.

Il la contemple sans parler, avec une sorte de sourire. Elle ne sait pas ce qu'il faut penser d'un sourire pareil. S'il est celui du conquérant, du vainqueur. Ou si, à l'inverse, il exprime une gratitude, un attendrissement. Elle fronce les sourcils dans l'espoir d'obtenir une explication. Il persiste à sourire. Elle finit par dire : « Quoi ? » Juste cela, ce seul mot.

Il choisit de répondre à côté : « Un jour, les gens ont dit : il y a cette femme, une Française, très arrogante, écrivain à ce qu'il paraît, le genre de femme pour qui on n'est pas assez bien, nous autres, les ouvriers de Livourne. Et moi, ça m'a tout de suite intéressé. Je dis : intéressé mais je pourrais dire aussi bien : énervé ou intrigué. Après, c'est ma mère qui m'a parlé de toi, puisque le hasard a voulu qu'elle travaille chez toi. Elle a dit : elle écrit toute la journée, quand elle écrit je peux passer à côté elle ne me remarque pas, elle est un peu étrange. Et puis, un jour, je t'ai vue. Tu te tenais sur la terrasse, tu portais une robe en lin qui laissait tes bras nus, tu regardais vers la mer, comme si les choses se passaient uniquement entre elle et toi, la mer et toi. J'ai pensé : elle n'est pas comme nous, c'est vrai, elle est d'un autre lieu, d'une autre histoire, ça m'a plu. »

Elle l'observe et pense : « Peut-être n'est-il pas aussi immature qu'il en a l'air. Peut-être s'est-il déjà débarrassé de l'innocence. » Elle le scrute et, soudain, oublie ses spéculations et ne voit plus que les traces du soleil dans son visage, la peau brune. Elle se demande si ça a toujours été là, ce sombre du visage, si c'est une chose italienne, forcément, une chose des gens du Sud.

Alors qu'on leur sert un vin rosé qui pourrait facilement lui faire tourner la tête à elle, et tandis que le soir tombe lentement sur eux, elle lui demande s'il s'agit du restaurant de son père. Aussitôt, le sourire disparaît, son expression se renfrogne, où elle croit apercevoir autant de dépit que de courroux.

Non, bien sûr.

Jamais il ne l'aurait amenée dans ce restaurant. Jamais il ne se présenterait devant son père en compagnie de la femme étrangère, et riche, et âgée, qui écrit des livres, et qui emploie sa mère. Jamais il ne se livrerait à une telle provocation. Cela tuerait son père, cela plongerait sa mère dans un chagrin irréversible.

D'ailleurs, toute cette histoire doit rester secrète, il le lui fait jurer, elle doit cracher – lever la main et cracher par terre – et redouter les foudres d'un dieu quelconque si elle vient à ne pas respecter son serment.

Non, un jeune homme promis à un brillant avenir ne séduit pas une femme mariée, ne participe pas à un adultère, ne fraye pas davantage avec quelqu'un qui n'est pas de son monde, et s'il le fait malgré tout, s'il commet toutes ces transgressions inouïes, alors il doit ne rien en dire.

Elle lui fait remarquer que leur dîner n'est pas exactement le comble de la discrétion, il lui objecte qu'elle se trompe, puisqu'il a précisément choisi un endroit où il n'est jamais allé, sur l'autre versant de la ville, où nul ne le connaît. Elle comprend mieux d'un coup leur escapade automobile loin de ses bases, et imagine les pourparlers sordides avec Federico qu'il a dû supplier de se taire.

Et elle découvre où elle met les pieds : dans la clandestinité des amours interdites, dans l'humiliation des relations tues, dans les conséquences inattendues de siècles de matriarcat.

Plutôt que de s'en offusquer, elle s'amuse instantanément de cette situation à front renversé puisque au fond c'est elle, la fautive, elle qui devrait se cacher, exiger le silence mais, à bien y réfléchir, il trouverait encore à lui dire que c'est plus simple pour elle que pour lui, car son mari est relégué à des centaines de kilomètres, de l'autre côté d'une frontière et qu'ici, elle est une inconnue qu'on tient seulement pour une originale. Au moment où elle s'apprête à caresser son visage pour lui pardonner son involontaire muflerie, il a un mouvement de recul et regarde autour de lui. Elle lui dit en souriant : « Je croyais que l'endroit était sûr. » Il dit : « On ne sait jamais. »

Il a dans les yeux une expression apeurée qui plaît à la femme adultère.

Une jeune serveuse, dix-huit ans à peine, et beaucoup de maladresse, s'approche pour remplir leurs verres déjà presque vides. Elle a à peine eu le temps de reposer celui de Luca qu'il s'en empare et le vide d'un trait. Louise ne sait ce qu'elle préfère : de son avidité ou de sa panique.

Il est à l'école. Elle aime se répéter, dans sa tête, dans l'enchantement des matins désormais, cette phrase, qui, certes, n'est pas inexacte mais raconte l'histoire d'une manière un peu effrontée. En réalité, il se trouve à l'Académie navale pendant qu'elle renoue avec la solitude dans la maison désertée de son impétuosité.

Elle l'imagine dans son uniforme, assis parmi d'autres vêtus du même uniforme, dans une pièce sans coquetterie, où l'ascétisme et la rigueur sont la règle, écoutant un gradé dérouler clairement et fermement le bréviaire du bon soldat. Elle a entendu dire qu'autrefois il y avait ici une base américaine ; des jeunes filles ont dû tomber amoureuses de soldats, il a dû s'en passer des histoires traversées par la sensualité et le chagrin. Elle paresse au salon, une tasse de café fumant entre les mains, et sourit en pensant qu'elle aussi, à sa manière, a cédé à l'attrait du jeune soldat.

Elle sait qu'elle va s'en retourner au livre, aux mots qui racontent la catastrophe amoureuse. Mais, pour une fois, rien ne presse : elle a envie de demeurer quelques instants encore dans l'odeur de l'homme, le souvenir de sa présence.

Il ne faudrait probablement pas être aussi sentimentale, aussi bêtement sentimentale, songe-t-elle. Car, en effet, une sotte béatitude est à l'œuvre. Elle découvre les ardeurs incongrues, les ferveurs que rien, au fond, ne justifie puisque, si elle y songe, ne serait-ce que quelques instants, ces amours enfantines sont sans importance, et vouées à l'éphémère.

Alors qu'elle tourne autour du bureau, en caressant le bois du plat de la main, le téléphone sonne. Avant même de décrocher, elle connaît l'identité de celui qui appelle. Une prémonition.

François dit : « Ça va ? » Et rien qu'à son intonation, elle devine une inquiétude. Dix années de vie commune, et une intonation suffit pour comprendre tous les désarrois de l'autre. Dans les infimes variations, dans le léger tremblement, elle perçoit l'angoisse diffuse, qui n'est pas une angoisse mondaine, de convenance, mais bien le fruit d'une attente trop longue, d'un silence trop explicite. Elle dit : « Oui, ça va », avec un détachement parfait, ininterprétable. Elle ajoute : « Il fait si beau ici, tu ne peux pas imaginer, mais les gens, ça ne les étonne pas, ils racontent qu'il y a toujours de beaux automnes. » Et ils partent dans la ronde des paroles ordinaires, conjugales, un babil prévisible, inconsistant et qui, cependant, les rapproche, énonce ce qu'ils sont l'un à l'autre mieux que n'importe quelle déclamation.

Il dit : « Tu as fait quoi ces derniers jours ? » Et elle répond : « Presque rien, je suis restée là, j'ai écrit. » Elle fonce dans la fourberie tête baissée, sans le moindre vacillement, sans le plus petit raclement de gorge. Pas d'hésitation, pas de question. Le mensonge arrive, plus vraisemblable que toutes les vérités. L'habitude d'écrire des romans, que voulez-vous.

Il dit : « J'ai appelé, ça ne répondait pas. » Elle enchaîne : « Je devais être sur la plage, ou simplement sur la terrasse. De la terrasse, on n'entend rien, c'est couvert par le bruit de la mer, le vent. » La déconcertante facilité de la mystification, presque jouissive.

Elle dit : « Et toi, tu as fait quoi ? » Et elle n'écoute pas vraiment la réponse, les mots forment un écho lointain, une bouillie, elle est encore dans la jubilation du boniment réussi, cette victoire dérisoire.

Quand elle raccroche, elle se rapproche aussitôt de la table. Et l'écriture advient tout de suite, elle jaillit. Un mensonge en entraînant un autre.

Graziella n'a pas manqué de relever la surprise de Louise lorsqu'elle est réapparue, ce matin. Elle l'avait pourtant prévenue de son retour. Elle a dû penser que la surprise était causée par le résidu de ses blessures. Car la gouvernante porte sur le visage une ecchymose, une trace bleutée qui va virer au noir sans doute, et, au poignet, un bandage.

Décontenancée (ou était-ce de l'affolement ?), Louise a répété que rien ne pressait, qu'elle n'était pas obligée de recommencer à travailler si vite, mais Graziella a balayé ses objections d'un mouvement de la tête, comme si son accident était sans gravité aucune et comme si, de toute façon, nul n'avait à décider pour elle.

Et elle a repris sa place.

Louise a de l'admiration pour les gens qui ont une place (quelle qu'elle soit). Ceux qui savent ce qu'ils ont à faire, sans se poser de questions. Souvent elle aimerait leur ressembler. Posséder leur certitude tranquille. Bien sûr, on lui objecte que le travail n'est pas un choix mais une nécessité, et peut-être une forme d'asservissement. Mais elle ne parle pas de ça. Elle parle d'un état de simplicité, elle parle d'un enracinement. Tout cela qui lui est étranger.

Elle observe Graziella du coin de l'œil. Ses gestes sont précis, mécaniques. Cependant, la femme n'est pas dominée, écrasée. Elle est là pour gagner sa vie, certes, elle accomplit un devoir, c'est entendu, mais il émane d'elle une indépendance presque indéfinissable, comme une souveraineté, un séparatisme en tout cas. C'est ça : elle est à part, ne jugeant pas et ne se considérant nullement comme une subordonnée, elle effectue une tâche, à côté, sans s'occuper de Louise, sans tenir compte de sa présence, concentrée sur son effort, ou sur son intimité.

Si Louise la détaille de la sorte aujourd'hui, c'est évidemment aussi en raison du statut nouveau qu'elle a acquis, sans le savoir. Elle est la mère du jeune homme des draps, elle a élevé le garçon qu'il a été, elle est encore aujourd'hui sa référence féminine. Voilà, elle regarde celle à qui elle doit l'émerveillement des derniers jours, presque tentée d'exprimer une gratitude, et, dans le même mouvement, presque gênée de leur proximité.

Et puis, l'observant de plus près encore, même si c'est à la dérobée, Louise mesure le tout petit nombre d'années qui les séparent. D'ailleurs, de quel côté la balance penche-t-elle ? Quelle est la plus âgée des deux ? Louise pourrait bien être plus vieille que la mère de son amant.

D'ailleurs, l'intéressé le lui dira-t-il, un de ces quatre ? Fera-t-il le même compte et le lui avouera-t-il, sans penser à mal, sans craindre de la heurter ? Ou, au contraire, sera-t-il embarrassé ? En fait, il ne fera sans doute pas le compte. Il refusera de comparer sa mère à une autre femme.

Et Louise ? Elle qui se moque de tout, dont on pointe (pour l'admirer ou la déplorer) la faculté à l'indifférence, pourquoi éprouve-t-elle le soudain besoin de se livrer à ces calculs un peu sordides ? La vérité, c'est qu'en effet elle se fiche bien du jugement que ses actes seraient susceptibles d'inspirer à qui que ce soit mais qu'elle n'a pas envie de blesser Graziella ; et, en son for intérieur, elle est convaincue que la génitrice réprouverait absolument la liaison qu'elle entretient avec son fils si elle venait à la découvrir. Ce ne serait pas une protestation, ce ne seraient pas des cris. Non, ce serait un haut-le-cœur, un signe de croix, un regard tourné vers Dieu, une désolation muette. L'expression insurmontable d'une déception.

On jurerait que l'enfant a attendu que sa mère soit partie pour apparaître. On jurerait qu'il est resté planqué derrière un arbre, ou à l'abri de la digue, qu'il a fumé une cigarette, pianoté sur son téléphone portable, en attendant qu'elle rende son tablier et déserte les lieux. Il a dû la guetter, vérifier les alentours d'un œil inquiet, s'assurer que personne n'aperçoive son petit manège. Il a dû gratter le sol de son pied impatient, souffler un bon coup, consulter sa montre. Et quand elle a ouvert la porte de la villa, son fichu sur la tête, son sac à main à la saignée du coude, puis refermé la porte précautionneusement, comme s'emploie à le faire la domesticité soucieuse de la tranquillité de ses maîtres, quand elle a descendu l'allée de son pas lourd et disparu au coin de la rue, alors il s'est senti capable de surgir. Tout de même, il a laissé filer une minute, histoire de rendre crédible son étonnement quand Louise lui a annoncé : « Ta mère vient de partir ; à l'instant. » Elle revoit son expression trop appuyée, il est si mauvais acteur, il sait si mal mentir, il s'est trahi immédiatement. Pour autant, elle ne lui en a pas fait la remarque, ne voulant pas blesser sa fierté, ni avoir l'air d'avoir tout compris à son pauvre et merveilleux stratagème. Il a dit : « Je peux entrer ? », comme s'il sollicitait une permission, comme pour dire : « Je peux te laisser un peu de temps, si tu préfères. Revenir plus tard », mais avec, dans le regard, quelque chose d'implorant et de roublard qui rendait impossible de le décourager. Pour toute réponse, elle s'est simplement approchée de lui. Sur la pointe des pieds, elle a grimpé sur ses baskets et l'a embrassé. Il a souri sous son baiser. Il est entré dans la maison. Il est entré dans la maison avec la même facilité qu'il est entré dans la vie de Louise. Il l'a fait tournoyer dans le salon. Parfois, il ne sent pas sa force. Ou, au contraire, il tient à la lui montrer, à la lui faire éprouver. Elle vole entre ses bras. Elle vole à trente centimètres du sol. Elle est une vieille gamine qui tournoie.

Il lui fait l'amour. C'est exactement ça : il lui fait l'amour. Ce n'est pas du tout équilibré. Pas du tout paritaire. Il a le dessus. Complètement. Il dirige les opérations. Il conduit la danse. Il s'empare de sa bouche et la dévore. Il se saisit de ses seins et les malaxe plus qu'il ne les caresse. Il fait glisser sa main sur son ventre et jusqu'à son sexe, sans s'attarder. Il titille ses lèvres, les ouvre, entre un doigt, deux. Il plonge entre ses cuisses et sa langue se faufile, fourrage, lèche. Soudain, il se redresse. Sa queue s'est raidie, il l'enfonce, sans ménagement, il pénètre la femme. D'autres y mettraient de la douceur, de la délicatesse. Lui, non. Et elle y discerne autant de machisme que de maladresse ; ce mélange qui dit tout, absolument tout de lui. Il va et vient, et jamais ce n'est besogneux. Il a la souplesse des athlètes, des danseurs. Il change de position, comme on accomplit un tour de magie. Malgré l'urgence, la brutalité du désir, il y met de la grâce, une grâce inouïe. Il contrôle chaque parcelle d'elle, les battements de son cœur, les soubresauts de son armature. Il joue avec son corps, tel un violoniste avec son archet. Et elle, elle se laisse faire, s'abandonne, suit son rythme, sa cadence, passive dans la décision, complice dans le mouvement. Et la jouissance de la femme advient, violente, lointaine, impudique. Puis le sperme recouvre son ventre, des gouttes perlent dans les poils de son pubis. Ils retombent. La tranquillité se fait, après la frénésie. Ils gisent dans une très belle fatigue.

Elle pense : son corps me plaît. Sa fermeté. Sa pureté. Le grain de sa peau. Elle pense : sa virtuosité me sidère alors qu'il est si jeune, devrait être si peu expérimenté. Elle découvre qu'on peut aimer à la folie quelque chose qu'on n'a jamais désiré.

Elle pense : comment peut-il se satisfaire de mon corps à moi, cet amas de chair, de plis ? Comment peut-il prendre du plaisir à manipuler ça, qui ne connaît que la routine ? Elle découvre qu'on peut être aimé pour des raisons mystérieuses.

Tandis qu'ils sont étendus dans l'anarchie du lit, la sonnerie du téléphone retentit et le nom de François s'affiche en cristaux liquides. Elle ignore pourquoi elle n'est pas surprise. Elle ignore tout autant quelle pulsion malsaine la conduit à décrocher. Le besoin de se confirmer qu'elle joue parfaitement la comédie ? La tentation d'humilier François, une tentation vaine et pure, puisqu'elle ne l'assouvira pas ? Le désir de prouver à Luca que son mari continue de compter pour elle ? Ou, à l'inverse, de lui laisser croire qu'elle s'en est détachée au point de pouvoir converser avec lui alors qu'elle est lovée contre son amant ? L'envie de parler une langue qu'il ne comprend pas, afin qu'il soit intrigué et la questionne ? Ce qui est certain, c'est qu'elle songe aussitôt : quel souvenir conserverai-je de cette scène dans quelques années, quelle que soit ma situation à ce moment-là ? En serai-je vaguement honteuse ou m'en amuserai-je ?

François, si élégant d'habitude, glisse rapidement sur les politesses d'usage. François, si subtil, en vient au but de son appel : il lui propose de la rejoindre ici, dans la villa, de venir y passer le week-end. Elle pourrait lui répondre : « Oui, viens, viens bien sûr, ça me fera plaisir, ça fait trop longtemps. » Elle pourrait prononcer ces mots et y croire, être sincère. Elle s'apprête d'ailleurs à les prononcer lorsqu'il insiste maladroitement et lui demande si elle ne trouve pas son idée « épatante ». Elle déteste cet adjectif. Et elle déteste les gens qui forcent le passage. Elle dit : « Ça m'aurait fait très plaisir, tu te doutes bien, mais je suis dans un moment difficile du livre, il faut que je débloque une situation, si tu es là je n'aurai pas la possibilité d'avancer, tu comprends ? » Il dit : « Oui, je comprends, évidemment, prends soin de toi. » Il ne se donne même pas la peine de prolonger la discussion afin de dissimuler son dépit. Lorsqu'elle raccroche, Luca lui demande si elle a faim. Elle répond : « Je suis affamée. »

Et, tout en jaillissant hors du lit, elle pense aux conséquences d'un adjectif.

Acte II

Elle était assise sur la plage, le dos reposant contre la pierre chaude de la digue, les yeux clos, lorsque le téléphone a sonné à nouveau. C'étaient les premières heures de l'après-midi. Elle avait écrit tout le matin, elle était épuisée, presque dégoûtée des mots, il lui fallait le dehors : malgré le ciel voilé, elle était sortie. Luca était à l'école, il ne reviendrait pas avant le soir, en partant il avait dit : « Tu m'attends, hein ? J'aime que tu m'attendes. » Elle avait devant elle des heures de désœuvrement, la vacance merveilleuse que procure le silence. Elle avait bien projeté d'aller jusqu'au port, contempler l'inlassable ballet des ferries, mais n'avait finalement pas eu le courage de porter ses pas aussi loin.

Elle n'a pas entendu la sonnerie du premier coup. Elle a néanmoins réussi à se saisir du portable avant qu'il ne bascule sur la messagerie. Elle a juste eu le temps d'apercevoir que le nom de l'appelant était masqué. Elle ne croit pas aux intuitions, à ces balivernes : d'où lui est donc venue cette irrépressible nécessité ? De quelles profondeurs ? Elle a crié plusieurs allô, persuadée d'avoir raté son coup. Entendu une voix féminine, d'une neutralité bienveillante. Elle a compris tout de suite.

Elle n'a pas emporté de bagages, juste le strict minimum, elle a fait si vite. Trouver un billet d'avion sur le prochain vol, rejoindre Pise, elle a tout accompli en un temps record. Mais curieusement, elle n'était pas affolée, elle sait se conduire dans l'urgence, possédant une sorte de froideur, de calme ; au fond, elle est une personne pragmatique. Pendant le vol, elle a même réussi à lire les journaux ; ça parlait d'une guerre lointaine et habituelle, de manifestations dans les rues, de la crise, une ritournelle, le malheur ordinaire, les mots ont glissé sur elle, elle arrive très bien à ne pas être contaminée par les rumeurs du monde extérieur.

Quand elle s'est posée en France, l'aéroport de Roissy était plongé dans une grisaille poisseuse. Maintenant, elle est calée à l'arrière du taxi qui l'amène à l'hôpital. La quatre-voies est luisante, le chauffeur est un jeune beur avec une oreillette, sa radio est branchée sur RTL, c'est étrange d'entendre parler en français. La voiture file sur la quatre-voies, pour une fois la circulation est dégagée, à la radio on se dispute, l'oreillette du chauffeur clignote, une lueur bleue s'allume et s'éteint.

Elle se remémore les mots de l'infirmière au téléphone (où était-ce une femme médecin ?). Accident. Choc très violent. Nombreuses fractures. Des heures d'opération. Hors de danger. Elle a demandé le numéro de la chambre. Ce détail lui a paru la chose la plus importante.

Le chauffeur finit par la complimenter sur sa bonne mine. Il dit : « Vous arrivez des îles ? » Elle dit : « Non, d'Italie. » Il dit : « Je me disais aussi, vous n'aviez pas beaucoup de bagages pour quelqu'un qui arriverait de si loin. » Elle lui sourit. Comment saurait-il d'où elle vient ? De quel retranchement ?

Toujours la pluie fine sur les vitres, sur le bitume, sur les trottoirs, toujours les exclamations à la radio tandis que le taxi entre dans Paris. Elle a une pensée pour la plage de Livourne, le sable encore chaud sous les pas, la blancheur de la digue. Elle a laissé un mot à Luca. N'a pas eu le courage de l'appeler. Il n'aurait pas su trouver les mots en retour, de toute façon. La compassion obligatoire et forcément grotesque.

Toutes les chambres d'hôpital se ressemblent. Elle aurait pu décrire celle-ci avant même d'y pénétrer. Une fenêtre dont le volet roulant est descendu au tiers et au-delà une ligne d'immeubles des années 70, aux murs une peinture coquille d'œuf, sous les pieds un lino qui gondole par endroits, dans un coin en haut une télé accrochée, des meubles en Formica, et le lit bien sûr. On ne voit que lui, en entrant. C'est seulement une fois qu'on a détourné les yeux de lui qu'on prête attention au reste, ce décor prévisible.

Sur le lit, le corps de François.

Un corps immobilisé, entravé. Une jambe dans le plâtre, arrimée à une poulie. Un bras, lui aussi, dans le plâtre. Le visage tuméfié. Des pansements, de la gaze. Une perfusion dans la veine du bras valide.

Un corps affreusement contusionné qu'on a réparé, un corps mutilé, où l'on a lavé le sang, dont on a corrigé ou caché les blessures. Mais évidemment, à l'observer, il n'est pas difficile d'imaginer la violence subie par ce corps-là, l'attentat à l'intégrité, la brutalité exercée.

La voiture est en bouillie, paraît-il. Il n'en reste rien, qu'un amas de tôle froissée. Cela a demandé plus d'une heure pour extraire François. Il a fallu découper la tôle au chalumeau.

Elle imagine les gyrophares du camion de pompiers, de l'ambulance, les uniformes, le cordon de sécurité installé pour tenir les badauds à distance, les décisions rapides, les poches de perfusion, les gestes précis du secours, la dextérité sans affolement, l'inquiétude peut-être face au temps qui file, à cette montre contre laquelle on court, et puis la désencastration, la civière qu'on soulève, l'ambulance qui hurle pour que la place lui soit cédée, l'admission aux urgences.

Elle imagine les brancardiers de l'hôpital sur le qui-vive pour prendre le relais, la civière qu'on emporte en toute hâte, les couloirs, l'ascenseur, la salle d'opération déjà prête, le chirurgien évaluant les dégâts, les infirmières appliquant le protocole, ceux-là qui tentent de retenir la vie, de sauver ce qui peut l'être, les obturations, les rajustements, les consolidations, les raccommodages, les broches qu'on visse, les plaies qu'on recoud, les membres qu'on recouvre.

Louise imagine tout cela parce qu'elle est une romancière et qu'elle a besoin d'imaginer, de visualiser. Parce que ça ne devient réel que lorsqu'elle a tout réinventé.

Pour l'accident lui-même, c'est trop tôt. Elle ne connaît pas les circonstances. On les lui racontera. Ça fera un beau chapitre dans un livre.

Elle se tient là, debout, dans la chambre, à côté du lit. Elle n'ose pas poser la main sur le corps de son mari. Pas de peau à caresser, ou si peu. Tout ou presque n'est que statue, moulage, contention de fractures dissimulée sous le gypse.

Elle s'éloigne afin de gagner la fenêtre. Devant elle, un paysage irregardable, à quoi l'œil ne s'accroche pas. Elle attend qu'on vienne lui communiquer les dernières informations. Un médecin doit passer. Elle attend, dans l'écho métronomique d'un appareil qui lui assure que son mari est encore vivant.

Elle aurait probablement dû prêter davantage attention aux mots. Mais elle fixait son attention sur le visage du mandarin, sur le clignement lent de ses paupières, sur le mouvement régulier de ses lèvres, sur les montées et descentes de sa pomme d'Adam. Elle s'accrochait à des détails : une tache sur la partie gauche de son front, une plaie de rasage matinal, elle ne s'intéressait pas à l'ensemble, distraite de l'essentiel. Probablement, elle ne serait pas capable de répéter les termes exacts qu'il a employés. Elle se rappelle qu'y figuraient des formules savantes, techniques, témoignant d'une expertise inaccessible au profane. Et aussi que s'y glissaient des expressions plus triviales, destinées à frapper l'esprit. À la fin, le médecin lui a simplement demandé : « Vous avez bien compris ? » Elle a dit : « Oui. » Un oui, très sûr de lui, sans réplique. Le oui d'une femme qui s'offusque : me prenez-vous pour une imbécile ? Un oui arrogant, qui a fait cligner plus vite les paupières du professeur. Logiquement, ça aurait dû être un oui murmuré, plaintif, blessé, celui d'une épouse désemparée. Il envisageait probablement ce genre de oui-là. Ça l'a surpris.

Dans la sinuosité de la phrase, tout de même, elle a retenu cela : coma, paralysie.

Pour le moment, François n'est pas conscient. Il a plongé dans une léthargie dont on ne connaît pas la profondeur. Perdu toute sensibilité au dehors. Il est l'homme végétatif, ensommeillé, extrait du monde réel, retiré dans un lieu inabordable. On ignore quand il reviendra. Quand il sera là, à nouveau. Quand il rouvrira les yeux.

Ah oui, elle a demandé : « Il y a une chance qu'il ne se réveille jamais ? » Le médecin l'a corrigée : « On parle de risque, madame, pas de chance » (et c'était d'une violence inouïe, pour elle, d'être ainsi reprise, remise à sa place, comme ça, à cause d'une expression mal choisie, d'une maladresse). « Et non, il n'y a aucun risque. Il sortira du coma, je vous l'assure, mais je ne peux pas vous dire quand. »

François est paralysé des membres inférieurs. Il ne réagit pas aux chocs qu'on lui envoie. Elle a demandé : « La moelle est touchée ? » Elle n'entend rien à ces choses, de la motricité, mais a vu les films, lu les livres, elle se souvient que ça se passe de ce côté-là, la moelle. Le médecin a biaisé : « À ce stade, tout indique que non. » Elle a retenu le « à ce stade ».

Donc l'incertitude.

Son mari peut guérir, remarcher un jour, n'avoir aucune séquelle.

Ou non.

Le retour à la normale ou le malheur absolu, voilà l'alternative.

Quand elle revient dans la chambre, le corps de l'homme est inchangé et pourtant, c'est un autre corps, plus lointain, moins réel, et curieusement aussi moins vulnérable, comme s'il était protégé par cette enveloppe d'absence.

Elle s'attache à sa respiration, au léger soulèvement du poitrail, seul signe de vie tangible. Elle cherche un frémissement à la surface de la peau, en vain. Elle pense à l'Italie, à Luca, à la peau de Luca qui frissonne sous les baisers.

C'est l'appartement d'Alésia. Le parquet chevronné qui craque sous les pas. Le blanc légèrement estompé des murs. Les moulures au plafond. Le marbre des cheminées. Le reflet dans les miroirs. Tout ce décorum haussmannien qui devrait paraître familier à Louise, puisque ces murs sont les siens depuis longtemps, et qui lui semble curieusement étranger, tant il jure avec la frugalité de la chambre d'hôpital, et surtout avec ses habitudes italiennes.

Elle marche dans les pièces, les arpente une à une, prend leurs dimensions, se sent à l'étroit, sans ligne d'horizon, ne perçoit plus la chaleur sous la plante de ses pieds, c'est un territoire légèrement hostile, sans danger véritable pourtant, simplement incongru, inconvenant.

Elle y marche comme si elle devait tout réapprendre, comme si tous les repères avaient été perdus. Elle reconnaît tout mais ne se reconnaît pas dans ce tout. Il lui faut retrouver des marques, réinvestir les lieux.

Et puis, c'est le silence.

Pas le silence merveilleux de la villa de Livourne. Ni celui anxiogène de la chambre du blessé. Non plutôt celui, déroutant, d'après les disparitions. Celui où quelqu'un manque. On cherche une présence, un écho ordinaire et rien, on se heurte à l'invisible, on comprend qu'on est seul désormais, tout à fait seul, que personne ne viendra troubler ce silence qui nous écrabouille.

Elle songe qu'il y a eu des rires dans cet appartement, des éclats de rire, il y a longtemps, quand François la faisait basculer sur le canapé, ou dans les draps, quand il possédait cette vitalité malicieuse. Il y a eu des étreintes, des baisers qui dévorent les lèvres, les corps qui se pressent l'un contre l'autre, cette ferveur des commencements, qui aura duré des mois avant que la tranquillité ne s'insinue, que le calme ne prenne le dessus, que le silence s'installe. Le silence, encore lui. Mais un autre. Moins terreux, moins brut que le silence, là, maintenant ; plus insidieux, plus dangereux finalement.

Elle revoit François, la première fois. Il est installé à la table d'un café. C'est le printemps, l'Atlantique dans son dos, un port de plaisance, des bateaux. Elle est assise un peu plus loin, à quelques mètres. Elle attend quelqu'un (qui attendait-elle ?). C'est le temps suspendu, le temps d'un ennui diffus, avant que ne se produise quelque chose, un incident, un événement, n'importe quoi, pourvu qu'on sorte de ça, cet entre-deux, cet intervalle. Il y a le bruit entêtant de la cuiller qu'elle fait tourner dans la tasse, un bruit qui l'agace et qu'elle n'interrompt pas cependant, comme s'il fallait cela pour ne pas sombrer dans l'abîme de l'instant.

Quand elle tourne le visage, quand elle opère ce léger mouvement, l'air de rien, elle aperçoit que l'homme la regarde. Au début, ce n'est pas tout à fait certain. Ce pourrait être une coïncidence, le frôlement accidentel de deux lassitudes. Mais non. Elle vérifie. Chaque fois qu'elle jette un bref coup d'œil dans sa direction, il est là, qui l'observe, qui ne la lâche pas. Le doute n'est plus permis. Elle est flattée d'abord. Et puis embarrassée. Et puis, elle ne sait plus. Elle ne sait plus quoi penser. Et l'autre qui n'arrive pas, l'autre qui est en retard, et les bateaux qui quittent le port, et ce soleil froid sur les eaux de l'Atlantique, et ces granules à la surface de sa peau, la douceur trompeuse d'avril dans les villes de bord de mer. Et puis, il se lève. Lentement, il se lève. Et il avance vers elle, sans précipitation, sans hésitation. Il s'approche. Elle tourne la tête vers lui, peut-être épouvantée. Elle dit, comme pour le dissuader : « Qu'est-ce que vous faites ? » Il dit, sans forfanterie : « Je vous regarde. » Voilà.

Dans l'appartement vide, elle se rappelle ce moment. Mieux vaut ne pas chercher à comprendre pourquoi.

Par la fenêtre, le soleil métallique d'après la pluie, dans un ciel noir.

D'Italie, sa voix.

La voix de Luca, mal assurée, qui bute sur les mots. Sa voix qui la rend folle parce qu'elle est légèrement rauque, encore un peu adolescente, un peu nasale, et charmeuse, enveloppante. Sa voix qui lui demande comment elle va, et elle entend : « Comment il va ? » Elle répond : « Ça va », sans s'attarder. Elle ne souhaite pas parler de ça avec lui, son mari, l'accident. Elle n'a jamais parlé de François avec Luca, les séparant absolument. Et si elle tient à Luca, c'est probablement pour son respect de cette séparation, par cette manière qu'il a eue jusqu'à présent de ne jamais empiéter la frontière, de ne jamais poser la moindre question. Elle demande, avec un sourire trop appuyé, de ces sourires qui franchissent les fils du téléphone, si la maison est en désordre depuis son départ. Sur un ton neutre, il dit : « Je n'y suis pas retourné. » Étonnée, elle objecte : « Mais tu avais les clés. » Elle redoute qu'il réponde : « Ce n'est pas ma maison, je n'ai rien à y faire. » Il dit : « Je ne voulais pas y être sans toi. »

Chacun se tait. Une apnée, ou un vertige.

Mais très vite, les paroles reviennent, le flot. Il doit parler. Raconter. Donner des nouvelles.

Trois jours seulement qu'elle est partie et il lui parle comme si elle avait quitté la ville depuis des semaines, et aussi comme si cette ville était la sienne, comme si elle était le lieu de son habitation, non d'une villégiature. C'est ça, il lui donne des nouvelles. « Le vieux Bertini a commencé la réparation de sa toiture, Federico lui file un coup de main, ils auront fini avant le week-end. Un homme s'est jeté à la mer depuis un ferry, ça se produit quelquefois, un homme qui voulait mourir sans doute, quelle étrange idée la noyade, il a été repêché à temps, il n'a pas expliqué son geste, la police a conclu à l'accident, ça arrangeait tout le monde. La collecte des olives a commencé, c'est une bonne année, il n'y a pas à se plaindre pour une fois. Il fait un peu plus froid désormais. »

Et puis, soudain, il dit : « Tu rentres quand ? » Elle réplique, dans la seconde, comme s'il s'agissait d'une question administrative, matérielle : « Ça ne dépend pas de moi, tu sais bien. » Après un temps, elle ajoute : « Ne fais pas l'enfant. » Elle regrette cette dernière phrase aussitôt prononcée. À l'autre bout du fil, le souffle du jeune homme s'est fait plus court, elle perçoit qu'il lui en veut, qu'il n'aime pas cette phrase bêtement condescendante mais trop tard, impossible de la retirer, impossible de présenter une excuse au risque d'aggraver encore son cas. Alors elle dit une chose jolie, de ces choses qu'elle ne dit jamais : « Tu me manques. »

L'énormité de cet aveu, quand elle y songe. L'énormité.

Le souffle de l'homme devient plus régulier. En effet, il est bel et bien un enfant : il a leur façon de s'emparer des récompenses, vorace, malicieuse. Ils ne se parlent plus. Il y a le mutisme du téléphone, d'un coup. Le grésillement de la ligne, une respiration tranquille. Elle voudrait y entendre le bruit de la mer, là, derrière lui, elle voudrait croire que c'est le lent ressac mais c'est autre chose, bien sûr : une communion.

Elle dit : « Je vais raccrocher. » Il ne lutte pas, ne prononce pas de paroles idiotes et tendres. Elle entend simplement un « ciao » avant que la sonnerie occupée ne vienne résonner dans son oreille.

Sa voix, sa voix d'Italie va poursuivre Louise tout le jour, elle le sait déjà.

C'est François, le responsable.

De l'accident.

Les gendarmes sont formels. Il est arrivé à un carrefour, il n'a pas marqué le stop, il a continué comme s'il n'y avait rien, pas de pancarte, pas d'interdiction, il ne s'est pas arrêté. La voiture qui venait sur sa droite s'est encastrée dans la sienne et l'a envoyée valdinguer.

Cela lui rappelle cette scène, dans *Les Choses de la vie*, Michel Piccoli conduit trop vite, beaucoup trop vite, il est contraint de freiner brutalement pour éviter un véhicule en face, on entend le crissement des freins, et il se produit une embardée et la voiture tournoie, tournoie, avant qu'elle ne fasse des tonneaux dans un champ, on dirait un ballet au ralenti, il y a ça : Piccoli bringueballé dans une lenteur cinématographique, il faudrait néanmoins que Louise revoie le film, peut-être n'est-ce pas tout à fait ainsi que la scène se déroule, disons que c'est ainsi que sa mémoire l'a conservée.

Il n'y a pas eu de ralenti au carrefour, le choc a été très violent, lui assurent les gendarmes. Les témoins présents sur les lieux parlent d'un bruit spectaculaire, comme une explosion. Ils racontent que tout est allé très vite. La voiture de François s'est immobilisée presque tout de suite, le calme est revenu, un calme étrange, une stupeur, tandis qu'un peu de fumée s'échappait de la tôle froissée. Un temps suspendu, avant que l'effroi se propage, qu'une foule s'amasse, que les secours apparaissent. Les deux conducteurs ne sont pas descendus de leur véhicule, ils n'en étaient pas capables, ils étaient paralysés, inconscients.

Mais miraculeusement, personne n'est mort. L'autre conducteur s'en est tiré avec un bras cassé et quelques contusions. Louise est passée lui rendre visite tout à l'heure. Il sortira bientôt.

Il dit : « Votre mari roulait très rapidement, on aurait juré qu'il n'avait pas remarqué le croisement. » Et elle ne peut s'empêcher d'entendre, derrière ses mots : il s'est littéralement jeté sous mes roues. La musique lancinante qui se murmure à son oreille, c'est celle d'un accident qui ne serait pas tout à fait involontaire. Elle chasse cette idée. Elle dit : « L'important, c'est que vous vous en soyez tiré, ce qui compte c'est d'être vivant. » Elle prononce ces paroles ordinaires, celle des démunis, des impuissants, faute de mieux. Elle dit : « Je m'occupe de tout, des déclarations, des assurances, ne vous inquiétez pas. » Il dit : « Je ne m'inquiète pas. » Il doit admirer son sang-froid, et cette faculté à prendre à bras le corps les choses matérielles, tandis que le malheur rôde. Il voudrait articuler des phrases réconfortantes mais en est dissuadé par l'application têtue de la femme, cette manière de faire comme si la situation n'était qu'un problème simple qui trouvera une solution tout aussi simple.

Lorsqu'elle regagne la chambre, Louise contemple François, longuement, elle ne peut pas prétendre qu'il est un étranger, elle connaît par cœur ce visage, la masse de son corps, pourtant quelque chose en lui résiste, résiste à son expérience, à son savoir. Elle affronte une ombre, la part de son mystère.

Quand il se réveillera, elle ne posera pas de question.

S'il se réveille.

À l'hôpital, rien de nouveau. Aucune amélioration, sinon que le visage a repris des proportions presque normales, où seuls subsistent un pansement au-dessus de l'arcade sourcilière et un bleu à la paupière. Le blessé est toujours figé en son sommeil artificiel, en sa douleur muette.

Alors elle écrit.

Elle a apporté son ordinateur, l'a installé sur une petite table en Formica, bancale. Quitte à être là, dans cette chambre, qu'au moins l'ennui ne la dévore pas, qu'au moins les heures ne soient pas absolument inertes, inutiles. Et puis, le livre n'attend pas, assure-t-elle.

Alors elle écrit.

La présence de l'homme étendu, à quelques mètres seulement, ne la gêne pas. Pas plus que ne le ferait un meuble.

Un jour, François lui a dit : « Quelquefois, j'ai l'impression que je suis un empêchement à l'écriture. » Elle a dit : « Cela arrive, malgré toi, parce que tu n'écris pas, parce que tu ne sais pas ce que c'est, pas du tout, et que tu cherches encore à comprendre, alors qu'il n'y a rien à comprendre, il faut juste accepter, baisser les bras et accepter. Quand tu auras abdiqué tout désir de comprendre, de t'approcher, alors ce sera plus facile, je ne me sentirai plus obligée de m'excuser tout le temps. » Il a dit : « Mais tu ne t'excuses pas, jamais. » Elle a dit : « Dans ma tête, si ; je voudrais tellement que ce ne soit pas une source d'embarras entre nous. »

Un jour, il a dit : « Elle m'effraie, la solitude que l'écriture exige de toi ; ce retranchement. » Et il a ajouté : « Pourtant il me semble que la solitude a précédé l'écriture, qu'elle était là avant, qu'elle a peut-être toujours été là. » Elle a dit : « La solitude, c'est peut-être à cause de l'enfance, le silence de l'enfance, la réclusion dans la maison vidée des parents. » Elle a ajouté : « Oui, peut-être ; peut-être que ça vient de là, que ça ne peut pas s'oublier, que ça ne cesse jamais. »

Un autre jour, il a dit : « Est-ce que tu parles de moi, dans les livres ? Est-ce que je dois me reconnaître dans certains des personnages ? » Elle a dit : « Non, ce n'est jamais toi, jamais entièrement toi, ce sont juste des morceaux, des éclats, des moments de toi, et après j'ajoute, je retranche, je transforme, et à la fin, ce n'est plus toi. » Comme il avait l'air triste, elle a précisé : « Mais c'est pareil pour moi, à la fin je ne me reconnais plus moi-même, et c'est cela la finalité exacte de l'écriture : ne plus se reconnaître soi-même, c'est la plus éclatante des victoires, c'est la mesure de la réussite. »

Il a dit : « Est-ce que ça s'arrêtera, un jour ? Est-ce que ça peut s'arrêter ? » Elle a dit : « Oui, c'est possible, tout est possible, aujourd'hui c'est inconcevable, c'est au-delà de mon entendement mais demain, qui sait, ça sera fini, je n'aurai plus envie, ou plus la force, ça m'aura abandonnée. Et alors, ce ne sera pas grave, je me dirai : cela devait arriver, tant pis, passons à autre chose, je partirai dans une autre vie. »

Il ne l'a pas crue. Il a probablement eu raison.

Pas une fois, Luca n'a posé à Louise des questions pareilles. Non pas que les réponses ne l'intéressent pas, mais parce que ce ne sont pas des questions qui lui viennent. Qu'elle écrive des livres lui est absolument indifférent. L'écriture constitue pour lui un territoire inviolable, où il n'a pas sa place. Il le contourne avec une aisance de torero. Il danse autour. Elle le regarde danser et cela lui plaît infiniment.

Dans les moments où l'écriture l'abandonne, où la tranquillité de la chambre lui paraît trop poisseuse, elle réapprend à arpenter les rues de Paris. Il devrait normalement y avoir quelque chose de charmant à redécouvrir l'alignement des façades, l'ardoise ou l'or des dômes, l'enchaînement des quais, le miroitement étrange des eaux lourdes et noires de la Seine. Cependant, rien ne la touche, tout semble un décor, un lieu irréel, inconsistant. Inévitablement, elle est ramenée à Livourne, à l'automne lumineux de Livourne, au désordre et à la saleté, au sable, à la mer.

Le monde minuscule auquel elle appartient la rattrape aussi quelquefois. Elle croise un journaliste qui lui demande des nouvelles du prochain livre, son éditeur appelle et propose un déjeuner, un ami romancier lui envoie son dernier opus en service de presse, le serveur du café croyant lui faire plaisir lui met sous le nez une critique épouvantable de son travail qu'il n'a pas pris le temps de lire, on la sollicite pour participer à un jury, et tout, sans distinction, lui fait horreur. Elle voudrait aussitôt prendre ses jambes à son cou, quitter la ville, ne plus rien avoir à faire avec ce milieu, ne plus respirer ses vapeurs toxiques. Elle voudrait se réfugier dans la villa et ne se consacrer qu'au livre, oubliant l'industrie qui gravite autour, et se nourrit de lui. Tout de même, elle accepterait que Luca vienne la déranger, elle qui déteste cela, d'habitude.

Et puis, l'ennui la gagne. Elle se tient sur son territoire, pourtant. Et auprès de l'homme qu'elle a épousé. L'inquiétude l'enserre, ses pensées sont occupées. Mais voilà, c'est plus fort qu'elle : l'ennui rôde, la grignote. Une lassitude, un déplaisir. Quelque chose lui pèse.

La vérité, c'est qu'elle n'aime pas ce retour forcé, cette immobilité qu'elle n'a pas décidée, et cette culpabilité qui affleure malgré elle.

Elle n'aime pas non plus cet éloignement imposé, et ce manque qui s'insinue contre son gré.

Elle n'aime pas ce temps entre deux. Ce temps incertain.

Elle n'aime pas cette attente qui est comme une chaîne à ses chevilles.

Une semaine déjà, et elle pourrait devenir folle.

Elle a conscience que ses jérémiades ne sont pas recevables, qu'elles sont même probablement obscènes. Ce n'est pas sur son sort qu'elle devrait se lamenter mais bien sur celui de son compagnon. C'est à raison que les bonnes gens lui reprocheraient son égoïsme. De toute façon, les bonnes gens ont toujours raison. Toutefois, elle s'en moque. Elle n'est pas une personne aimable, n'a jamais cherché à l'être. Et elle se fiche de ne pas être admirable dans l'épreuve. Elle obéit à ses viscères, à son instinct. Ce faisant, elle est sans excuses. Mais elle n'en sollicite pas. Ce n'est pas tellement son genre de demander pardon.

Une semaine qu'elle tourne en rond lorsqu'un événement vient enfin briser le cercle, la routine. Au téléphone, les mots du médecin sont nets : « Votre mari est sorti du coma. Il vous attend. »

Quand elle entre, ce n'est plus le même homme. Certes, il est toujours encombré de ses plâtres, de ses bandages, de ses poulies. Toujours enveloppé par la même odeur de camphre et d'éther. Toujours prisonnier de cette chambre impersonnelle, fonctionnelle. Mais quelque chose de fondamental a changé : désormais, il a les yeux grands ouverts. Désormais, elle peut voir son regard. L'affronter.

Une infirmière est venue le redresser dans son lit. Il est presque assis maintenant, enfoncé dans des oreillers qui soutiennent son dos. Et cette nouveauté dans la position, elle aussi, induit une modification décisive. Il n'est plus la marionnette ridicule soumise à ses fils, plus le gisant, l'homme passif, immobile, plus l'homme incertain, peut-être condamné, peut-être sauvé. Il s'en sortira. Il est revenu parmi les vivants. Bien sûr, cela prendra du temps avant qu'il remarche à nouveau, qu'il recouvre l'intégrité de ses fonctions mais il est sur la bonne voie, ou, pour l'énoncer autrement : la pièce est tombée du bon côté.

Louise devrait se réjouir de cette excellente nouvelle. Se réjouir que la vie ait triomphé. Et d'ailleurs, elle se réjouit. Cela constitue pour elle une immense délivrance. Elle a eu la sensation qu'on retirait un poids de ses épaules lorsqu'elle a entendu les mots merveilleux dans le combiné. Senti l'air revenir dans ses poumons. Elle a porté sa main devant sa bouche, pour dissimuler son émotion. Et presque pleuré. Oui, dans la rue, au téléphone, elle a dû retenir des sanglots. Des sanglots de joie. Mais le regard de son mari, à l'instant où elle pénètre dans la chambre, amoindrit cette joie, estompe son sourire. Car elle y discerne une froideur, ou une ombre, elle ne saurait dire exactement. En tout cas, il n'y a pas cette pureté des renaissances qu'elle escomptait, ni ce voile des fatigues qu'elle imaginait. Il n'y a pas surtout cet élan qu'elle espérait.

Du coup, elle avance dans la lenteur, se rapproche du lit avec précaution. Comme si elle était freinée. Ou comme si elle marchait au bord d'un précipice. Et lui, il constate cette hésitation, et cette interrogation sur son visage. Il voit le bonheur contrarié, et cette frayeur inattendue. Il la laisse venir, sans chercher à la rassurer. Il conserve cette expression énigmatique, et une raideur du corps qui ne serait pas seulement due aux broches, aux appareillages.

Elle ne dit rien. Sans doute devrait-elle pourtant prononcer quelques paroles. Les mots, c'est son domaine. Elle est fortiche avec les mots, elle en a fait sa profession. Pourtant, ça ne vient pas, rien ne sort. Alors elle se tient dans le mutisme, dans les regards échangés. Et c'est avec le silence qu'elle tente de faire ressentir son soulagement et sa satisfaction. Mais toujours cette réticence chez son mari, cette distance.

Elle pose sa main sur la sienne. Le contact des peaux l'électrise, sans qu'elle sache précisément s'il s'agit d'une décharge ou d'un court-circuit. Il ne bouge pas, la laisse caresser sa main. Néanmoins, elle ignore s'il accepte une intimité ou s'il est condamné à l'immobilité. Il y a une chose cependant dont elle est sûre : le temps des explications est arrivé.

Il dit : « Évidemment, c'est moi qui ai provoqué l'accident. C'est moi qui ai jeté ma voiture contre l'autre qui arrivait à toute vitesse. »

Il n'y va pas par quatre chemins. Il aurait pu, il aurait dû opter pour la vacuité doucereuse des retrouvailles, solliciter un baiser, ou mimer la délicatesse émolliente des réveils. Mais non. Il ne s'encombre pas de politesses, de formules d'usage. Leur épargne les renouements factices, les passages obligatoires. Les débarrasse du malaise, de l'hypocrisie, des faux-semblants. Il va droit au but.

Elle encaisse le coup sans broncher, sans même ciller. Non par forfanterie, mais par respect pour lui, pour sa démarche : puisqu'il a décidé de parler, elle l'écoute. Elle ne va pas brouiller son message par une mimique déplacée, une surprise exagérée. Et puis, elle a eu le temps de s'habituer à cette frayeur qui s'est insinuée depuis qu'elle a franchi le seuil de la chambre. Ceci enfin : elle sait se montrer insensible aux déflagrations.

Il dit : « Mais c'est étrange, tu sais : je ne cherchais pas à mourir. Pas du tout. D'ailleurs, je n'ai pas un seul instant pensé que je pouvais mourir. Je cherchais simplement à attirer ton attention. »

Il s'exprime doucement, comme si les antidouleurs l'anesthésiaient et probablement est-ce le cas. Probablement est-il sous l'emprise de drogues, de narcotiques, de pilules magiques et de concoctions fabuleuses qui font oublier le mal, le corps détruit.

Pendant ce temps, elle l'imagine au volant de la voiture, appuyant sur l'accélérateur tandis que le carrefour se profile, les bras bien droits arrimés au volant et le visage calme. Elle songe à sa folie et à sa détermination. Car il faut bien être un peu fou pour aller se fracasser contre des tonnes de métal en mouvement, fou aussi pour escompter en sortir vivant. Et il faut être sacrément déterminé pour ne pas flancher, freiner au tout dernier moment, ou tenter une embardée.

Il dit : « Je cherchais à te faire revenir à Paris. C'est tout. Je n'ai trouvé que ce moyen. Et avoue que c'était efficace. Tu es revenue. »

Il parle sans effronterie. En fait, il livre un constat, énonce des faits, comme si la vérité n'était pas terrifiante, comme si tout était normal. Néanmoins, il s'agit de mots d'amour, d'une déclaration d'amour. Un homme annonce à sa femme qu'il s'est jeté sous les roues d'une voiture simplement parce qu'elle lui manquait, simplement parce que cela lui fournissait l'opportunité d'être auprès d'elle à nouveau.

Il ajoute, comme pour s'en débarrasser : « Bien sûr, je me sens coupable à cause de l'autre homme, le conducteur de l'autre véhicule. On m'a dit qu'il allait s'en tirer, qu'il n'aurait aucune séquelle. Tant mieux. »

Manière un peu rapide de s'exonérer de sa responsabilité, pense-t-elle, mais le moment n'est pas aux reproches. Et puis, elle est persuadée qu'il s'en veut réellement, il n'est pas homme à faire du mal : pour qu'il ait pris le risque de blesser un tiers, il fallait que son désespoir soit grand.

Comme il se tait, elle devine que c'est son tour désormais de prendre la parole. Elle doit répondre. Le mieux, à l'évidence, serait d'éclater en sanglots, de l'enlacer, d'embrasser ses mains. Le mieux serait un épanchement mélodramatique, le visage ravagé par les larmes, la sollicitation d'un pardon, ou l'expression d'une tendresse immense. Mais ce n'est pas la direction qu'elle choisit. Il veut parler. Alors ils vont parler. Il est dans un flegme extravagant, elle y reste.

Elle dit : « Ça ne te ressemble pas, un acte pareil, un geste aussi dément. Tu n'es pas du côté de la déraison. Jamais. Qu'est-ce qui t'a pris ? »

À son tour à lui d'encaisser le coup. Il ne s'attendait pas à ça. Elle discute, barguigne, chipote. Mais surtout, elle ne cède pas à l'émotion, conservant un invraisemblable sang-froid. Et elle s'emploie à comprendre, à la manière d'un scientifique, d'un mathématicien tentant de résoudre une équation à plusieurs inconnues.

Et puis, bien sûr, comme toujours, elle le ramène à sa rationalité, à ses comportements cohérents, à son naturel mesuré, qu'elle oppose systématiquement à son originalité à elle, sa singularité à elle, la femme qui écrit.

Il dit : « Au moins je suis heureux de te surprendre. Car il me semble si souvent que je suis pour toi complètement prévisible. »

Il ajoute un sourire, un pauvre sourire, teinté d'ironie et d'amertume. Mais, après tout, il n'a à s'en vouloir qu'à lui si cette conversation prend d'emblée un tour saumâtre et imprévu. Il n'avait qu'à s'en tenir aux paroles confortables, lénifiantes, celles qui leur ont si bien réussi jusque-là.

Il précise : « C'est ça : je suis l'absolument certain, le trop familier. Et, du coup, je ne compte plus pour toi. En tout cas, pas plus qu'un meuble. Ou qu'un bijou. Oui, disons un bijou. Parce que, au moins, c'est précieux. Et que, malgré tout, je dois continuer de t'être précieux. »

L'amertume l'a finalement emporté sur l'ironie, et le besoin de faire une formule sur l'intelligence qui aurait consisté à se taire, à la laisser répliquer. Il a craché un peu de bile. Et c'est curieux parce qu'il ne se sent pas tellement mieux, après coup. En a-t-il craché trop ? Ou trop peu ? Il n'en sait rien, si peu habitué à étaler ses états d'âme. Depuis qu'il vit avec Louise, il a appris la discrétion, la pudeur, l'ombre.

Et il n'est pas méchant. Il a toujours préféré la fuite au combat, la diplomatie à la guerre, l'apaisement à l'affrontement. C'est si nouveau pour lui, de se montrer mordant. De ne plus être seulement aimable. Le voilà sans repères.

Et d'ailleurs, elle le lui fait remarquer.

Elle dit : « Je ne te connaissais pas cette acidité. Tu vois que tu n'es pas si prévisible. »

Impossible pour elle d'abdiquer, en revanche. Impossible de dénicher un mot gentil, spécialement lorsqu'elle fait face à un agresseur. Elle aurait pu chercher à calmer le jeu. À colmater son dépit. Elle aurait pu saisir la perche tendue et expliquer qu'en effet il lui est précieux. Mais non. Sa dureté naturelle a pris le dessus. Elle affronte les meutes depuis si longtemps : elle a du goût pour la joute.

Il dit : « Tu te rends bien compte qu'avec une réplique pareille, tu esquives la discussion. »

Allez. Essayer de ne pas se faire tout à fait humilier. Continuer le face-à-face plutôt que de plier comme d'habitude, plutôt que de courber l'échine. Et pointer, chez l'autre, cette forme de lâcheté qui consiste à se montrer haïssable tout en ne jouant pas le jeu. Il veut le jouer, le jeu. Lui ne se dérobera pas.

Elle dit : « Oui. »

Oui, en effet, elle refuse la discussion. Et elle l'affirme, sans détour, sans hésitation. Ne biaise pas. Ne cherche même pas à se justifier. C'est sa force, cela l'a toujours été : elle sait désarmer l'adversaire en adoptant une position à laquelle il ne s'attend pas. Bouger ses pions dans la direction opposée à tous les pronostics. Transformer un handicap en avantage.

Il dit : « Donc, tu ne veux pas qu'on discute ? »

Ne pas lâcher. Pas maintenant. Il est allé trop loin. Et puis, il n'a pas fait tout ça pour s'arrêter au premier vent contraire. Il ne s'est pas physiquement mis en danger pour être stoppé par de la rhétorique.

Donc il relance, insiste. Il y tient, à sa discussion. Elle vient de si loin, s'il y songe. Elle a été si longtemps escamotée. Il faut qu'elle ait lieu. Enfin.

Elle dit : « Pas sur ce ton-là. »

C'est encore elle qui fixe les règles. Dans leur couple, il en a toujours été ainsi. Elle a toujours décidé de tout, même du moindre détail. Malgré ses airs de ne pas y toucher. Malgré sa désinvolture, son détachement à l'égard des choses matérielles, c'est elle qui a toujours mené la barque. Pas question de revenir sur cet acquis. S'il y a discussion, alors ce sera à ses conditions à elle.

Tout à coup, le silence. Une chape de plomb. Dans la chambre, on jurerait que l'air s'est raréfié. Là où il aurait dû n'y avoir que de l'attendrissement, de la mollesse, presque de la niaiserie, s'est immiscée d'emblée une animosité à peine feutrée. En quelques instants seulement, ils sont passés de l'amabilité présumée des retrouvailles à la tension palpable des chicanes. Car la tension s'est installée, ça ne fait pas de doute et Louise dispose d'un atout formidable pour la mesurer : elle peut observer sur un écran de contrôle le rythme cardiaque de François. Et visiblement, ça cogne là-dedans. Elle devrait probablement manifester un peu de pitié pour le malade mais s'en exonère en considérant qu'il récuserait un sentiment pareil.

Ils laissent l'un et l'autre le silence perdurer. Puis il baisse les yeux, dans un mouvement lent de lassitude. Elle-même détourne le visage vers la fenêtre, pour attraper quelque chose du dehors, pour s'extirper, même de manière illusoire, du confinement. Sur l'écran, les pulsations ralentissent. L'air redevient respirable. Alors François redresse la tête.

Il dit : « Et si je te pose des questions ? Des questions simples ? Est-ce que ce mode te conviendrait mieux ? »

Elle continue de regarder par la fenêtre mais, désormais, il constate qu'elle s'y oblige, c'est une position forcée, plus du tout naturelle, elle se sait observée, son profil détourné est figé, comme il le serait pour une pose devant un photographe.

Elle dit : « Vas-y toujours. »

Et elle revient vers lui. Elle plante son regard dans le sien, comme on plante une banderille. Elle arbore un demi-sourire. Reprise des hostilités.

Il lance : « Eh bien, dis-moi. Dis-moi si je compte encore pour toi. »

Voilà, c'est ainsi : il y a des moments dans une existence où on demande la vérité alors qu'on présume qu'elle va nous heurter. Des situations dans lesquelles on renonce au confort de l'ignorance, aux vapeurs anesthésiantes de l'incertitude et où on prend le risque du réel, de la dureté du réel. Des exaspérations telles qu'on a besoin d'en finir, une fois pour toutes. Des secondes de frisson et de flambe où on pousse toute sa mise sur la table en attendant de connaître le jeu de l'adversaire et d'apprendre s'il est meilleur que le sien ou pas.

François ne cherche pas de compliments. Hélas, il n'en est plus là. Il tente simplement de déterminer l'ampleur des dégâts.

Et elle, d'un coup, elle comprend tout ça, toutes les interrogations souterraines que suppose une question comme la sienne, les jours à ressasser, les inquiétudes intimes, l'insinuation mortelle du doute, l'abdication progressive de l'espoir de s'en sortir indemne. D'un coup, elle mesure tout ce que son mari a entassé, cet affreux petit paquet de névroses, sans rien dire, sans rien laisser paraître, toujours si urbain, toujours si affable, avec cette faculté admirable à s'effacer devant les autres, leur malheur ou le poids de leurs responsabilités. D'un coup, elle entrevoit les ravages de la modestie.

Et elle se rend compte qu'elle ne s'est aperçue de rien. Non, elle n'a rien vu. Ou alors elle n'a rien voulu voir. Et elle ignore ce qui, des deux, est le pire. Pas le temps de penser à tout ça, encore. Pas le temps de débrouiller l'écheveau. L'urgence, c'est de répondre.

Elle dit : « Oui. »

Elle dit oui parce que c'est encore la vérité, c'est encore ce qu'elle pense. Elle n'a pas eu à chercher sa réponse : celle-ci s'est imposée. Elle n'a pas eu l'intention de le rassurer, de lui plaire. N'a pas élaboré de stratégie, pas cédé à la tactique. Elle a juste exprimé le fond de sa pensée, sans calcul.

Oui, il compte pour elle.

Et prêtant soudain davantage attention aux mots employés, elle prend conscience qu'il ne les a pas choisis par hasard. Il aurait pu dire : « Est-ce que tu m'aimes encore ? » Mais non. Il n'a pas parlé d'amour. Il a parlé de l'importance qu'il a pour elle. Il n'a pas pris le plus grand des risques.

Ou bien pas voulu d'un romantisme hors de propos, de ces termes qui ne conviennent qu'à la jeunesse et qui sont un peu ridicules, passé quarante ans, passé dix ans de vie commune.

Il dit : « Autant qu'avant ? »

Sa réponse lui a plu mais il l'a trouvée trop rapide, trop sommaire. C'est bien son genre de ne pas s'encombrer de détails, d'aller à l'essentiel. C'est également son genre de s'en tenir aux règles établies : des questions simples, amenant nécessairement des réponses courtes. Néanmoins, il reste sur sa faim. Et surtout, il a besoin de comprendre ce qui a changé entre eux. Car de cela, il est certain : un déplacement s'est produit, en partie à leur insu, et il souhaite connaître l'amplitude de ce mouvement de lignes.

Elle dit : « Avant quoi ? »

Louise suppose que l'interrogation de François recelait un sens caché, une part de non-dit, une suspicion. Autant en avoir le cœur net. Inutile de tourner autour du pot. S'il a un reproche à formuler, qu'il n'y aille pas par quatre chemins. Elle a horreur de ces manières de chat et de souris. Alors elle le met au pied du mur. Le prie de préciser sa pensée.

Il rétorque : « À toi de me dire. »

À lui de jouer au plus malin. De toute façon, il est évident que quelque chose plane au-dessus d'eux, qui les menace. Ou bien, et c'est encore plus grave, quelque chose est à l'œuvre, au-dedans, qui les ronge. Il faut savoir.

Elle dit : « Nous avons traversé beaucoup d'années ensemble. »

Dans le premier souffle de la phrase, il lui semble percevoir le commencement d'un exposé, comme les hommes politiques en font parfois, à la télévision, lorsqu'ils ont pris le parti de gagner du temps, ou les médecins quand ils se préparent à annoncer une mauvaise nouvelle. Mais, après tout, c'est lui qui a réclamé une explication. Simplement, il trouve qu'elle part de trop loin.

Elle dit : « Ce qui nous lie s'est modifié. C'est à la fois moins fiévreux et plus solide, moins passionné et plus consistant, plus enraciné. Ce que je dis est extraordinairement banal. C'est le destin inévitable de tous les couples. C'est une chose très ordinaire. »

En effet, il pense, comme elle, que ce qu'elle énonce n'est pas franchement original. Il lui reconnaît de l'avoir intelligemment et joliment formulé mais il n'en est pas étonné. Ensuite, il songe qu'il faut en passer par là, ces vérités élémentaires, avant de toucher le cœur du sujet : il consent donc à emprunter ce passage obligé.

Elle sait parfaitement qu'elle tergiverse. En fait, elle s'ajuste. Elle ajuste son tir. En pénétrant dans cette chambre, elle ne s'attendait pas au grand déballage. Elle s'adapte. Et puis, quelques éléments de contexte ne peuvent pas nuire.

Il dit : « L'usure du temps. »

Toujours bon pour les résumés. On lui reconnaît un remarquable esprit de synthèse. Il sait resserrer, ramasser. Tandis qu'elle est absconse quelquefois, égarée dans sa propre pensée, ou inscrite dans une réflexion dont elle a omis de signaler les étapes à ceux qui l'écoutent de sorte qu'on a l'impression d'une disjonction, d'une diffraction.

Elle dit : « Voilà, l'usure du temps. »

Elle n'aime pas trop ces phrases passe-partout, entendues mille fois, colportées sans que plus jamais on ne réfléchisse à leur sens, mais celle-ci n'est pas la pire. Et a l'avantage de poser le problème dans des termes compris par tous.

Il dit : « Tu trouves que nous sommes usés ? »

Il transforme un substantif rebattu en adjectif corrosif. Déterminer si l'on est « usé » peut conduire à une introspection violente. Usés, c'est-à-dire abîmés, décrépits, défraîchis, épuisés, esquintés, bons pour la casse, ou au moins pour la réparation, le garage.

Elle a d'ailleurs sursauté. Il a vu ça dans le froncement de ses sourcils, le léger affolement de ses paupières, et dans cette façon qu'elle a eue de lisser le drap du plat de la main, comme si elle tentait de le défriper, de corriger cette usure.

Elle dit : « Oui. Et, cependant, c'est très curieux parce que je pense aussi que nous sommes inusables. »

C'est-à-dire résistants, insensibles aux agressions. Ou bien coriaces, tendineux, durs. Ou encore des êtres sur qui tout glisse, rien n'attache, sans aspérités. La question est : qui désigne-t-elle ? Chacun d'eux ou leur couple ? Selon la réponse, c'est toute la perspective qui change. Toute la perspective.

Il dit : « En fait, ce que j'aimerais savoir, c'est si je suis responsable. Responsable de cette situation. »

Curieusement, il ne s'attarde pas sur ce qu'elle vient d'énoncer. Et il a probablement tort. Son intérêt objectif, c'est que les choses soient le plus claires possible, qu'il ne soit laissé aucune place au doute, à l'interprétation. Car ce qui tue n'est jamais le blanc ou le noir, mais bien évidemment le gris. Ce qui engloutit, c'est la zone d'ombre, l'entre-deux. Mais il cède à l'impatience. Ne peut attendre davantage. Veut en venir à ce qui le préoccupe, le dévore.

Parfois, on passe à côté de la bonne question. Et quand on s'en aperçoit, il est trop tard.

Elle dit : « Nous le sommes tous les deux. Responsables. Pourquoi une telle remise en cause, tout à coup ? »

Ce genre d'introspection n'est décidément pas dans les habitudes de François (non pas qu'il ne se livre pas régulièrement à des examens de conscience, à des autocritiques, mais, d'ordinaire, il les garde pour lui : ses retours sur lui-même, il ne les partage pas). La voilà donc désorientée par le visage inédit qu'il lui offre. Au fond, elle n'imaginait pas encore découvrir quelque chose chez lui. Elle se répétait justement qu'un couple fonctionne sur la connaissance parfaite de l'autre, sur l'absence de surprise. Certes, cela signifie, pour le pire, qu'il n'y aura pas de bonne surprise. Mais cela signifie, aussi, pour le meilleur, qu'il n'y en aura pas de mauvaise. Cette sécurité, c'est le ciment. Quand tout se fissure, on ne peut plus se reposer sur les certitudes.

Il dit : « Pour être plus clair, je voudrais savoir si ça peut être extérieur à moi. »

Il progresse obstinément, à la manière d'un enquêteur, méticuleux, opiniâtre, posant toutes les hypothèses afin de les éliminer les unes après les autres et atteindre la vérité. Mais, en réalité, il sait parfaitement où il va. Ou, plus exactement, il sait parfaitement où il aimerait aller. Où il redoute de parvenir.

Elle dit : « Extérieur ? »

La formulation lui a semblé alambiquée. En fait, elle accuse un temps de retard. Tout bonnement parce qu'elle n'a pas réfléchi à leur situation autant qu'il l'a fait, n'a pas creusé en profondeur, ne s'est pas préparée. Elle se préfère futile, irresponsable, de toute façon. Elle a la légèreté des femmes coupables ayant occulté leur culpabilité.

Il dit : « Tu as rencontré quelqu'un ? »

Enfin, on y est.

Au seul sujet qui compte : celui de l'infidélité.

Tout le reste, les devinettes, les interpellations, les querelles, les démêlés, les digressions, les zigzags, les fausses pistes, tout cela n'a servi qu'à une seule chose : poser la seule question qui importe, celle du manquement, du schisme peut-être.

Et, à nouveau, il a choisi un énoncé plutôt neutre. Comme s'il amortissait son coup. La brutalité serait contre-productive. C'est elle qui lui a appris cela : quand on crie l'interlocuteur a un mouvement de recul, quand on murmure il se rapproche.

Elle, elle a compris qu'elle ne peut plus biaiser. Aucune circonvolution ne sera admise. Aucune échappatoire n'est envisageable. Il n'existe que deux réponses possibles, et les deux tiennent en un mot de trois lettres. Alors, elle doit décider, et décider très vite, décider tout de suite : persiste-t-elle dans le mensonge ou lâche-t-elle la vérité ? va-t-elle jusqu'au bout de la logique de feinte, de trahison ou, au contraire, choisit-elle la franchise ? continue-t-elle dans la comédie, qui lui a plutôt réussi, et dans laquelle elle excelle, ou revient-elle à l'authenticité ?

En d'autres termes, cherche-t-elle à le rassurer ou assume-t-elle de le blesser ?

Il y a autre chose, pour finir : si elle l'abuse à nouveau, la croira-t-il ? Car, tout de même, poser une question pareille, c'est se douter de la réponse, non ?

Elle dit : « Oui. »

Oui.

Elle se souvient d'avoir dit oui.

C'était il y a longtemps, dans une petite église de Charente-Maritime. Elle était vêtue d'une robe d'été toute simple, droite, dans les tons crème, qui s'arrêtait aux genoux, elle tenait un bouquet de roses blanches entre les mains, souriait sur les marches, d'un sourire vague mais sincère, irrésistible, c'était un samedi de juin, un de ces samedis ensoleillés qui font la pierre chaude et la peau nacrée.

Ça ne lui ressemblait guère pourtant, les engagements, les signatures au bas d'un parchemin, l'échange des alliances, le côté contractuel de la chose, mais elle avait fini par s'y résoudre. François s'était montré très convaincant, il avait l'air d'y tenir tellement. Et puis, elle était parfois si impossible à vivre : avec cette cérémonie officielle, elle cessait un peu d'être égoïste. De fait, elle avait cédé pour lui faire plaisir, et pour ne pas paraître toujours se dérober, toujours n'en faire qu'à sa tête.

Pour l'église, elle avait tiqué. Et même refusé tout net, à leur première discussion. Elle avait dit : « Pas question », avec ce geste de la main qu'on fait parfois pour exclure toute transaction, cette brutalité qui rend hasardeux tout espoir de négociation. Le mariage, passe encore, mais les bondieuseries, jamais ! Il faut préciser qu'elle n'est pas croyante et nourrit même une sourde détestation pour les curés, qu'elle tient de son père, un instituteur communiste. Cependant, là encore, elle avait flanché. François avait avancé un argument difficile à repousser : sa mère allait mourir, il ne se sentait pas capable de lui refuser ce dernier bonheur. Elle n'aimait pas sa belle-mère, une femme hautaine, conservatrice, mais l'approche de la mort l'avait toujours laissée désemparée ; l'agonie octroyait tous les droits selon elle, et c'était le seul sujet sur lequel elle ne se sentait pas de taille à lutter. Elle avait donc finalement consenti à la cérémonie religieuse (sa belle-mère était morte un mois plus tard, par conséquent elle n'avait pas eu de regrets).

Donc, elle se souvient d'avoir dit oui.

Elle a oublié beaucoup de détails de cette journée-là : le visage du curé, les chants, le nombre des invités assis en rang d'oignons, les pleurs de sa propre mère sans doute. Tout est assez flou dans sa mémoire. Ce n'est plus qu'une farandole ininterrompue et un peu vaine, des fleurs, des lampions accrochés, une musique entêtante et indéterminée, des exclamations, des applaudissements, des taches de vin rouge sur le blanc d'une chemise, le temps qui file. En réalité, elle a traversé les heures comme on déchire du coton dans un rêve enfantin. Mais elle n'a pas oublié qu'elle a répondu oui quand on lui a demandé si elle voulait prendre François pour époux.

Toutefois, cela n'a rien changé à sa situation, à ses habitudes. Ni même à son nom. Son nom de plume.

Ce nom-là, mondialement connu, plus fort que des siècles d'effacement d'identité des jeunes filles.

Mariée, certes. Mais indemne, identique. C'est ainsi qu'elle s'est imaginée. Et probablement l'a-t-elle été. Pendant quelque temps.

Car, bien entendu, même malgré soi, avec le temps, on revêt les habits des époux et on est nimbé par une forme d'appartenance, et on est lesté par une sorte d'inertie, et on égare peu à peu la liberté et la jeunesse au profit du confort et d'une prétendue sérénité.

C'est encore un « oui » qu'elle prononce aujourd'hui. Un oui timide et décisif, lui aussi. Elle est frappée de constater à quel point le fait d'offrir le même mot, au même homme, sur le même ton que des années plus tôt, peut avoir des conséquences diamétralement opposées.

Elle est sidérée aussi de constater combien ce seul mot donne du poids à ce qu'elle considérait jusque-là comme une passade, un béguin certes agréable mais normalement dérisoire, ridicule, une fantaisie italienne.

Il dit : « Au moins, tu as le mérite de la clarté. »

Tout le sang s'est retiré de son visage. La blancheur l'investit, l'envahit. On ne voit que ça, d'un coup, cette pâleur instantanée, excessive, ce teint de porcelaine qu'on ne connaît qu'aux grands malades, aux vieillards.

Et, malgré tout, les tempes brûlantes.

Il avait beau s'y attendre, le redouter, la confirmation le jette pourtant dans l'effroi et lui soustrait un peu de vie, le passage du doute à la certitude agit comme une ponction, un prélèvement.

Et, avec ça, une sensation de vertige.

Il tente, par une réplique dérisoire, de conserver une contenance mais c'est une tentative grotesque, pénible. Il ferait mieux de s'affaisser pour de bon, plutôt que de tenir avec son masque de cire, sa rigidité de cadavre.

À quoi pense-t-il en cet instant précis ? Aux grains de riz lancés sur les mariés, lui aussi ? Aux serments échangés soudain piétinés, aux années traversées peut-être anéanties, aux enfants qu'ils n'ont pas eus ? À ses trop nombreuses résignations, à l'ombre où il a sa place, à des « j'aurais dû » ? À des détails, des moments connus d'eux seulement, aux images parfaites et trompeuses d'un album de photos ? À des allusions qu'il n'a pas saisies, des sous-entendus auxquels il n'a pas prêté attention ? Au temps qui passe et gâche tout ? Hein, à quoi pense-t-il ? À rien, probablement. Ou à trop.

Elle l'observe, imaginant tout ce qui défile dans sa tête, le fatras, le fracas, et elle a un peu pitié mais le coup est parti, c'est trop tard, rien ne le rattrapera, rien ne viendra atténuer la violence de sa franchise. Elle ne tente même pas un geste.

Il dit : « Je présume que c'est arrivé là-bas... À Livourne... »

Il a besoin d'apprendre que ça vient seulement de se produire, que ça ne vient pas de plus loin, de plus longtemps, de savoir que ça n'est pas installé, enraciné. D'abord parce qu'il lui semble que ce serait moins grave, moins sérieux ; peut-être sauvable. Voilà, une tumeur bénigne, localisée, plutôt qu'une gangrène qui aurait déjà accaparé tout l'organisme. Ensuite, parce qu'il ne souhaite pas se rendre compte qu'il est trompé depuis des mois, des années. Il s'agirait d'une humiliation trop grande, d'une remise en cause trop profonde. Il préférerait, et c'est dérisoire, que les choses se soient faites à son insu, sans qu'il ait pu en être le témoin. Il en est là.

Elle ne dit rien. Elle hoche la tête en signe d'approbation, pas du tout comme le ferait un enfant pris les doigts dans un pot de confitures mais bien comme un médecin qui confirmerait à son patient un diagnostic défavorable. Et c'est la première fois qu'elle n'a pas le courage de répondre ouvertement. En réalité, elle tâche, malgré tout, d'amortir l'extrême férocité de son aveu. En vain.

Il dit : « Il faudrait sans doute que je te pose des questions sur lui mais c'est au-delà de mes forces. »

Il pourrait avoir cette curiosité malsaine. Tout le monde l'aurait.

Il pourrait exiger un prénom, des dates, des circonstances, demander sa profession, son âge, ces informations inutiles et qu'on juge cependant indispensables sur l'instant, comme s'il fallait se rassurer avec des éléments concrets, tangibles, ou au contraire se blesser plus grièvement encore.

Il pourrait chercher une diversion car parler de lui, c'est éviter de parler d'elle et lui ensemble, c'est le distinguer d'elle, l'éloigner d'elle. À moins qu'il ne s'agisse d'une crucifixion car ainsi il devient objectif, patent, indiscutable.

Il y renonce. Il dit : « C'est au-delà de mes forces. » Et elle prend la mesure de ce qu'il subit, de son supplice. Les stations d'un calvaire.

Elle a toujours su qu'il était fragile.

Il demande : « Une chose, quand même. »

Il se reprend, comme on livre un dernier sursaut. Et, du reste, il se redresse contre ses oreillers, s'appuyant sur son bras valide. La poulie où est arrimé le bras cassé grince aussitôt. Louise a le réflexe de se soulever de sa chaise afin d'aider son mari mais le souci explicite du blessé de se débrouiller seul l'interrompt dans son mouvement. Elle se rassoit, admirative des efforts qu'il consent.

Fragile, ça ne fait aucun doute mais endurant au mal, aussi.

Il dit : « Tu me répondrais si je cherchais à savoir ? »

Déterminer s'ils sont encore capables de tout se dire, tout partager (même si les derniers temps ont démontré le contraire). Vérifier qu'il peut encore obtenir quelque chose d'elle, sans avoir à négocier, à mendier. Et s'assurer qu'il obtiendrait des détails s'il lui venait la lubie, le masochisme, d'en solliciter.

Elle dit : « J'ai fait le plus dur. Je n'ai plus rien à cacher. »

Dans la chambre aseptisée, le silence se fait. Sur l'écran, le nombre des battements de cœur s'inscrit, régulier. Du sachet transparent accroché au pied à perfusion, un liquide blanchâtre s'écoule goutte à goutte dans la veine du bras. Sur le beau visage de François, où un pansement continue de dissimuler une plaie, apparaît fugacement un rictus de douleur.

Il dit : « C'est important ? ça compte ? »

L'impossibilité où il se trouve de désigner l'infidélité, l'affaire avec l'autre autrement que par « ça ». Impossibilité induite par la réticence à admettre ce qui lui est révélé, mais également liée à la difficulté à caractériser ce qui advient : passade, aventure, liaison, histoire. Danger des mots trop précis, catégoriques, nets. Danger des mots, en toutes circonstances.

Et corrélativement, le besoin pernicieux où il se trouve de quantifier, mesurer, jauger, calibrer.

Elle dit : « Je n'en sais rien. »

À son désir, elle oppose non pas une fin de non-recevoir mais une indécision, un embarras peut-être, un scrupule qui sait, à moins qu'il ne s'agisse d'une hésitation, d'une perplexité.

Elle voit le visage de l'homme qui s'affaisse un peu plus, son désarroi supplémentaire. Aussitôt, elle corrige.

« Non, je ne crois pas. »

Trop tard. Il accuse le coup. Et la rectification de raccroc n'y change rien. Dans son « Je n'en sais rien », il a eu le temps d'entendre un « oui, probablement ». Dans le « non, je ne crois pas », il a perçu l'exact contraire d'une dénégation. Et cela a suffi à le dévaster, à ruiner ses derniers espoirs. Il ignorait qu'on pouvait passer par tant d'états successifs en un délai aussi court, descendre autant d'étages aussi rapidement.

À nouveau, le silence entre eux. Et la machine qui témoigne d'un affolement des pulsations. Louise, dans un mouvement lent, presque las, tourne à nouveau la tête vers le gris-blanc du ciel, derrière les vitres sales.

Pour elle-même, elle pense : « C'est vrai que je ne sais pas. Ou bien j'ai peur de savoir. »

Elle dit : « Maintenant que je t'ai annoncé ça, tu veux me quitter ? Tu veux qu'on se sépare ? »

C'est elle qui reprend la parole.

On pourrait penser qu'elle pose sa question comme on lance un défi, ou bien pour en finir. Croire qu'elle serait soulagée s'il répondait oui, se sentirait débarrassée. On pourrait y discerner de l'arrogance, une fois de plus, une volonté de maîtriser les débats, ce serait tout à fait dans ses habitudes. Mais non. En fait, elle sait qu'elle est la fautive, celle qui a brisé l'engagement pris. Et c'est en fautive qu'elle se présente devant son juge, lui demandant de trancher. Pour une fois, elle est soumise, et modeste. Elle ne se ressemble plus.

Lui, le comprendra-t-il ? Pour l'instant, il est simplement sonné. Et de plus en plus désorienté par la tournure que prend leur discussion. L'impression d'un tourbillon, qui l'aspire, sans qu'il soit en mesure de s'y opposer.

Elle précise : « C'est à toi de décider. Je ferai ce que tu dis. »

Il a bien entendu : elle remet leur sort entre ses

mains. Dans leur couple, c'est toujours lui qui a fait allégeance et là, pour la première fois, elle l'invite à arbitrer. Cette puissance inédite lui donne le vertige. Le manque d'habitude, à n'en pas douter.

Très vite, il devine que les choses ne peuvent pas être aussi simples. Le choix est trop binaire pour avoir vraiment un sens. Il faut plus de subtilité, des discussions encore, des négociations, le vilain mot. Il est trop tôt pour statuer. En réalité, elle joue la précipitation, soit pour arracher sa résignation, soit pour souligner son indécision. Et, du reste, il saute à pieds joints dans le piège tendu.

Il dit : « Et toi ? Tu veux quoi ? »

Elle ne peut s'empêcher de le contempler avec un air un peu compatissant. Car, tout à coup, elle embrasse les années d'assujettissement, la vassalité dans laquelle elle l'a enfermé. Se ressaisissant, elle veut distinguer aussi cette pureté qu'elle a toujours aimée chez lui, la générosité dont elle-même n'a jamais été capable. En fait, elle excipe un sens de l'abnégation qui, selon les circonstances, lui a paru admirable et haïssable. Et cela lui semble un résumé formidable de la situation. Est-elle encore séduite, touchée par sa bonté, sa grandeur d'âme (elle pourrait l'énoncer ainsi), ou est-elle désormais exaspérée par sa pusillanimité, sa faiblesse ?

Pour en avoir le cœur net, elle répond ce qui lui traverse l'esprit, ayant toujours considéré que les réponses spontanées traduisaient le mieux les désirs secrets.

Elle dit : « Continuer. »

Il est stupéfait. Il n'aurait pas parié sur ce mot-là.

Elle-même est confondue. Elle songe : ça doit venir des profondeurs, des viscères. Ou bien, de ces siècles de servitude des femmes, de domesticité maritale ; elle aurait assimilé à son corps défendant l'emprise des hommes, elle en serait la dépositaire malgré elle. Ou alors l'amour n'est pas mort.

Il la scrute, s'efforçant de traquer la part du mensonge, de l'inauthenticité, mais ne distingue rien : elle a l'air vraiment sincère. Et ça l'émerveille un tout petit peu, cette grâce inattendue.

Il dit : « Pourquoi ? »

Pas pu retenir son scepticisme. C'est sorti sans qu'il ait eu le temps, le pouvoir de le stopper. C'est sorti comme quand on s'exprime trop vite, quand on avoue malgré soi. Le voilà une fois encore dans la maladresse, et dans un excès d'humilité.

Du coup, elle chasse l'hypothèse de la domination masculine qui lui avait fugacement traversé l'esprit. Demeure l'amour. Vite, lui trouver un autre nom.

Elle dit : « Parce que les années, justement. Les années ensemble. Toutes les années. Ce bloc de certitude. »

Elle a parlé comme elle écrit. Prononcé les mots qui seraient normalement venus sous ses doigts. Comme elle aime à le faire : à grands traits. Elle a voulu résumer, énoncer l'essentiel, sans s'attarder, sans avoir besoin d'expliquer davantage.

Et lui, il a entendu le balancement de la phrase, la répétition des mots, une musique. Il a pensé, tant cela lui a paru familier : est-il possible que ça appartienne à un livre ? à un roman publié il y a longtemps, et dont il ne conserverait pas un souvenir assez précis ?

Il ose : « Je croyais que tu ne tenais pas ce genre de comptabilité. »

Elle a formulé si souvent son indifférence au passage du temps, son détachement à l'égard du passé, et de toute forme d'expérience, affirmé avec une telle obstination sa religion de l'instant, il ne peut qu'être frappé par une affirmation à ce point contraire à ses principes, ses habitudes.

Elle dit : « C'est vrai. Mais c'est là, quand même. C'est là, entre nous, entassé. »

« Entassé ». On peut difficilement choisir verbe plus disgracieux. Entassé. Comme de la poussière sous un tapis. Ou des cartons dans un coin. Ou des souvenirs dans un album. Entassé. Accumulé. Aggloméré.

Elle corrige ainsi l'impression laissée. S'il avait voulu percevoir une gratitude, une tendresse, il ferait mieux d'oublier. Dans sa bouche, il n'y avait pas d'épanchement, pas vraiment d'amabilité, pas non plus de reconnaissance, non. Simplement un constat (comme on en rédige pour les accidents ?).

Aussitôt, il s'interroge : qu'ont-ils fait de ces années à deux, de tout ce temps partagé ? qu'ont-ils construit ? est-ce que ça représente quelque chose, est-ce ça vaut quelque chose ? est-ce que ça les prémunit contre les désastres ?

Il revoit la scène.

Ils sont assis tous les deux au fond d'un restaurant, à l'écart, ils se font face, l'éclairage est tamisé, doux et chaud, le soir les enveloppe, les verres de vin s'entrechoquent. De l'image se dégage la sensation d'une harmonie. Elle est trompeuse.

C'est un restaurant italien, où ils ont eu leurs habitudes au début et qu'ils ont délaissé peu à peu parce que d'autres lieux leur ont plu davantage, parce qu'ils ont essayé d'autres cuisines, parce qu'ils ont déménagé, parce que c'était difficile de garer la voiture, toutes ces raisons minuscules qui font qu'on s'éloigne de ce qu'on a adoré.

Et puis, un jour, par hasard, il est repassé dans cette rue, il a reconnu la devanture, constaté que rien n'avait changé, que les années n'avaient pas eu de prise. Il a remarqué un couple derrière la vitrine, vu les nappes rouges aux carreaux blancs, ce décor un peu grotesque, et en a été attendri. Aussitôt, il a pensé : nous devrions retourner dîner là, un soir, Louise et moi, renouer avec ces moments de notre jeunesse. Il a décidé de lui en faire la surprise.

Le soir venu, il l'a conduite jusqu'à cette rue adjacente, qu'il faut savoir débusquer, et, installée sur la banquette arrière du taxi, elle a compris avant même qu'il lui explique, et, aussitôt, n'a pas su réprimer un rictus, une sorte de dépit. Lui, il n'a rien remarqué, le visage de son épouse était plongé dans l'ombre, il a donc continué de sourire. Mais c'était déjà fichu, sans qu'il s'en doute le moins du monde.

La vérité, c'est qu'elle n'avait pas envie de revenir là, sur leurs traces, dans cet endroit qui avait signifié quelque chose pour eux et qui ne signifiait plus rien parce qu'ils avaient vieilli, fait d'autres choix.

Elle a pourtant joué la comédie. Après tout, ce n'était qu'un dîner en tête à tête. Là ou ailleurs. Toutefois, elle n'a pas réussi à chasser une sensation de désagrément, d'inconfort, comme si elle répugnait à se montrer dans un lieu qui l'avait vue telle qu'elle n'était plus, qui racontait une personne disparue. Elle a forcé son sourire. Et lui, il a continué à ne se rendre compte de rien, joyeux comme l'est un gamin qui offre un collier de nouilles à sa mère, persuadé de lui faire plaisir.

En s'asseyant, elle a regardé autour d'elle et pris conscience avec horreur que tout était à l'identique, sauf que dix années avaient recouvert de poussière et de saleté les rideaux, les tables, les chaises. Elle a été saisie d'une brève panique, comme si ce reflux du passé avait quelque chose de poisseux et de claustral. Et cela l'a confortée dans sa haine de toute nostalgie.

Et il a bien fallu dîner. Même la nourriture avait conservé son goût d'alors et, au lieu d'en être ravie, elle en a été dégoûtée. François, quant à lui, s'extasiait sur la permanence des choses, la pérennité des souvenirs heureux, et l'écart se creusait, chaque minute un peu plus, entre eux, jusqu'à former un gouffre.

C'est seulement lorsqu'ils ont regagné leur appartement qu'il a fini par comprendre qu'ils n'avaient pas vécu la même scène. C'était à peine détectable pourtant : une question éludée, un battement de paupières trop rapide, un soupir, une façon de se démaquiller comme on se déleste, de changer de conversation et alors, l'évidence s'est imposée à lui : le souper italien avait été un fiasco. Mortifié, il a préféré ne pas en parler avec elle, ne jamais aborder le sujet.

Aujourd'hui, c'est cette scène qu'il se remémore. Il se dit que tout était là : leurs différences de perception, leur divergence sur la manière de considérer le temps, leur disposition à étouffer leurs antagonismes, même les plus mineurs.

Il songe que c'est cela qui est en train de leur revenir en pleine figure.

Dans la chambre, moins d'une demi-heure s'est écoulée, mais ce claquement de doigts a suffi à remettre en jeu toute leur existence commune. Ils ont finalement peu parlé mais, délaissant leur babil ordinaire, ont prononcé des paroles vulnérantes, peut-être irréversibles. Ils sont toujours les mêmes, lui ce mari attentif, effacé, elle cette romancière couverte de gloire et, cependant, ils ne sont plus tout à fait un couple. La pièce a conservé sa laideur fondamentale et néanmoins elle a quelque chose d'un bateau ivre, elle tangue. En Italie, un jeune homme attend, fumant une cigarette le long d'une digue, vêtu d'un uniforme blanc dont il a défait le col, tandis qu'en France une femme se prépare peut-être à le rejoindre.

François a compris tout cela. Toutefois, il s'accroche à un verbe : « continuer ». Alors il avance ses pions, ses derniers pions.

Force le passage.

Il dit : « Tu vas arrêter avec l'autre ? »

L'autre. Il entre dans cette désignation du rival moins de dédain qu'un résidu de langage adolescent. Dans les cours de récréation des lycées, on s'exprime ainsi. Et puis, François n'a pas de mépris pour un homme qu'il ne connaît pas, dont il ignore jusqu'au nom, qui n'est qu'une figure lointaine, étrangère, la métaphore d'un naufrage conjugal. On ne déteste pas une métaphore.

Arrêter. C'est, en forme d'interrogation, sa première supplique. Jusque-là, il s'était peu ou prou contenté d'établir des faits, de déblayer le terrain. Maintenant, il s'agit d'empoigner le problème, de le résoudre. Jusque-là, ils avaient évoqué leur passé. Maintenant, il s'agit d'envisager l'avenir.

Elle dit : « Non. »

Une sentence. Un couperet, qui produirait un bruit sec et sourd. Une lame tranchante, qui provoquerait une éclaboussure de sang.

Il songe : pourquoi a-t-elle affirmé qu'elle entendait perpétuer leur mariage si c'est pour annoncer aussitôt qu'elle ne renoncerait pas à sa liaison adultérine ?

Elle ajoute : « Pas pour le moment. »

Elle reporte finalement l'exécution de la sentence. Il attendra dans le couloir de la mort. Que la condamnation soit accomplie. Ou qu'une hypothétique grâce advienne. Elle lui concède le plus minime espoir.

Il songe : à quel jeu joue-t-elle ? Quel jeu cruel ?

Il proteste : « Mais tu as dit tout à l'heure que ça ne comptait pas. Pas vraiment. »

Il entend la mettre face à ses demi-mensonges, ses arrangements, ses contradictions. Elle ne va pas s'en sortir avec des pirouettes, des approximations. Il faut avoir les idées claires, à présent. Ne pas ajouter le flou à la souffrance.

Elle dit : « Je veux essayer. Je veux voir ce que ça donne. »

L'appel de l'Italie, trop puissant ; un chant des sirènes. Le souvenir de Luca, soudain resurgi. Le souvenir de son sourire quand il se réveille, de ses bras quand il les enroule autour de sa taille, de ses yeux mutins quand ils réclament le pardon, de ses baisers quand ils courent sur sa peau, de sa folle jeunesse. L'obéissance au corps, au désir, à l'animalité. Impossible de résister.

Et François, ahuri, dévasté, blême à nouveau, le sol qui se dérobe.

Il s'insurge : « Ce que ça donne ?! Et si ça ne marche pas, il te restera toujours moi, c'est ça ? »

Un pis-aller. Un moindre mal. Une pauvre alternative. Voilà ce qu'il représente exactement. Voilà le statut qui lui est désormais dévolu. Il était le compagnon en titre, il est devenu une roue de secours. C'est ce qu'on appelle une dégradation vertigineuse de sa situation.

Elle le regarde se dépêtrer avec cette nouvelle déconvenue et, tout à coup, les choses lui semblent évidentes, incroyablement limpides : c'est lui qui, sans le vouloir, sans le faire exprès, vient peut-être de leur fournir une issue. Sans doute par elle-même n'aurait-elle pas envisagé pareille solution. Elle n'aurait pas osé, n'aurait pas eu cette imagination. Mais là, énoncé par lui, c'est éclatant.

Elle dit : « Oui. Ça pourrait être ça, quelque chose comme ça. »

Elle parle comme on tâtonne, comme un mathématicien décortique une hypothèse, cherchant au-dedans de soi, avec un regard aveugle, et expulsant bribes par bribes, en une succession de hoquets, avant de revenir au monde concret. À la fin, presque fière de sa trouvaille.

Elle ajoute : « Après tout, en quoi c'est si choquant ? »

C'est vrai, quoi : j'en essaye un nouveau et s'il ne me plaît pas, je reviens à l'ancien. Satisfaite ou remboursée. On voit ça tous les jours. Sur les placards publicitaires. On fait ça tout le temps : tester, avancer par l'erreur. Pourquoi on ne ferait pas pareil avec les sentiments ? Pourquoi les sentiments seraient-ils bannis de ces transactions qu'on effectue en permanence dans la vie réelle ? Pourquoi on ne pourrait pas passer des contrats en matière amoureuse ?

François contemple Louise. Il n'est plus tout à fait aussi sûr de connaître la femme qui lui fait face, assise une fesse sur le rebord du lit, celle qu'il a rencontrée jadis dans un café près d'un port, épousée dans un soleil resplendissant, accompagnée dans ses tournées et laissée seule lorsque l'écriture la rappelait, celle dont il sait les ferveurs et les abattements, les désirs et les rebuffades, la grandeur et les mesquineries, l'exceptionnel et le quotidien. Oui, celle-là, il la découvre encore.

Il murmure : « J'ai besoin d'y réfléchir. »

N'importe qui, à sa place, aurait hurlé, se serait emporté, ou aurait marqué sa désapprobation, voire son dégoût. N'importe qui, à sa place, aurait refusé d'en entendre davantage, mis fin à la conversation, congédié l'impudente. N'importe qui, à sa place, aurait tenté de sauver l'honneur, se serait montré digne, aurait admis sa défaite, sa déconfiture et commencé à imaginer l'après, la séparation effective, la rupture totale. N'importe qui, mais pas lui. « J'ai besoin d'y réfléchir. » L'humiliation, jusqu'au bout ? L'humiliation à laquelle on consent, qu'on s'impose. Cette mortification.

Et elle, même pas surprise. Non. Il s'est accommodé si souvent de cotes mal taillées. Ou énoncé plus élégamment : il a porté si haut l'art du compromis. Et justement, comment le voit-elle, en cet instant ? Comme un funambule adroit ou comme un pantin ridicule ? On admire le funambule, on méprise le pantin.

En réalité, elle ne l'a jamais sous-estimé, et a souvent vérifié que sa faiblesse n'était qu'apparente. Car après chacun de ses reculs, il a presque toujours su regagner le terrain perdu, et même parfois davantage. Elle sait que sa placidité est la marque de son sang-froid, que les camouflets endurés un jour ont préparé ses victoires du jour d'après.

Elle dit : « Prends le temps qu'il te faut. »

L'horreur, tout de même, de cette magnanimité. Une pièce de monnaie jetée dans la soucoupe d'un mendiant.

Là, le silence devrait advenir, la tension retomber, il faudrait désormais faire comme si de rien n'était, reprendre le cours de la vie ordinaire, seul moyen de dépasser la violence de leur échange. Il faudrait se redresser, passer à autre chose, modifier le regard, regagner une certaine normalité. Entrer dans ce « temps qu'il lui faut », sans savoir combien il durera, accepter cette suspension, cet interlude. Et ce n'est cependant pas ce qui se produit. Contre toute attente, François reprend la parole.

Il dit : « En fait, non, c'est tout réfléchi. Je sais ce que je vais faire. »

Elle est décontenancée par cette reprise de volée et aussitôt aperçoit la détermination dans les yeux de son mari, quelque chose de terrible et franc, d'implacable. Elle voit la raideur de son corps, la cicatrice de sa bouche, une assurance après le frisson. Et ce qui la fascine le plus, c'est qu'elle ignore absolument ce qu'il s'apprête à lui révéler. Elle est incapable de nommer ce qu'est sa décision. Néanmoins, elle penche pour la rupture. Cette fois, elle est allée trop loin. Plus loin qu'il ne peut le supporter. Et puis, cette manière qu'il a eue de mettre fin immédiatement au suspense, de ne pas user du délai qu'il s'était lui-même imparti, cela indique un désir d'en finir.

Il tranche : « J'accepte le marché. »

Formidable contre-pied. Donc, il possède encore le don de la surprendre. Elle se souvient qu'elle a aimé cela chez lui, au commencement, cette faculté à ne pas être là où on l'attendait. Avec les années, bien sûr, il est rentré dans les clous, et puis c'est devenu plus difficile de la désarçonner, il a trouvé moins d'occasions de se distinguer, de s'écarter du cœur de la cible. Ce talent lui revient dans les situations critiques, apparemment.

Tout de même, la vulgarité absolue de ce terme « le marché », qui cherche, évidemment, à la renvoyer à la vulgarité de sa proposition. Mais pas de place pour des haut-le-cœur. Désormais, la forme importe peu.

Elle marque la surprise : « Tu vas attendre ? »

Elle a besoin de vérifier qu'elle a bien compris. Ou plutôt qu'il a bien compris.

Il dit : « Oui. »

Il conserve son regard fixe et résolu, celui des moments de vérité, celui des intuitions fabuleuses.

Elle insiste : « Attendre et souffrir ? »

Elle ose ce verbe, tout à coup si direct qu'il en est impudique. Sans détour, pour que les choses soient tout à fait établies, pour qu'elles ne prêtent pas à discussion plus tard, elle pose un mot, un mot très net, sur ce à quoi il est condamné. Et ça fait comme une éraflure, une griffure, un premier sang.

Il ne flanche pas : « Oui. »

Elle ne le fera pas douter, renoncer. Il sait ce qu'il fait. On ne prend pas à la légère un engagement comme celui-là. Qu'est-ce qu'elle croit ?

Elle dit : « Plutôt que de me perdre ? »

La voilà émue par sa volonté, son entêtement, cette démonstration de caractère. Devinant le cran que cela exige, le courage, une forme d'abnégation. Là où d'autres pointeraient un ultime abaissement, elle salue une force d'âme.

Il acquiesce encore, cette fois en silence, d'un simple hochement de la tête. Et, en une fraction de seconde, son visage a attrapé une tout autre expression, il a ce charme qui l'a fait chavirer si souvent, cette douceur inattendue chez un homme comme lui, presque un effarouchement. Elle se fait l'effet d'un monstre. Elle est un monstre.

Elle lâche : « Tu m'aimes alors... »

Que cela puisse constituer une révélation est une énormité, presque une obscénité. Comment peut-elle n'avoir pas compris ? pas mesuré ? Comment a-t-elle cru que l'amour s'était dissipé totalement, pour ne laisser place qu'à de la tendresse et de l'habitude ? En fait, elle a épié les autres, tous les autres, ceux qui les entourent et les plus lointains, le peuple vaste de ceux « qui sont ensemble », et supposé qu'ils étaient pareils à ceux-là, fatigués, désabusés, épris encore, probablement, mais indolents, il n'y avait aucune raison qu'ils échappent à la fatalité. Elle se fourvoyait : chez lui, l'amour s'est accroché, il est tenace. Et ce sont toutes ses certitudes qu'il lui faudrait reconsidérer.

Cette seule perspective la plonge dans l'épuisement. En fait, elle pense : c'est très difficile d'avoir un conjoint aussi irréprochable, très difficile, surtout quand on est soi-même une épouse égoïste.

Car, au fond, telle a toujours été la répartition des rôles entre eux : à elle une forme d'insensibilité, la froideur, la force, à lui la bienveillance, la générosité, l'effacement. Évidemment, derrière ces généralités commodes, on était libre d'imaginer qu'en réalité elle était émotive, accessible, vulnérable et qu'il était adroit, rusé, opiniâtre. Mais, à ce petit jeu, on se serait trompé parce qu'à la vérité ils sont ce qu'ils montrent. À la fin, il est effectivement la retenue et la magnanimité et elle est la puissance et l'orgueil. Tout lui revient en boomerang.

Elle se lève du lit, mollement, comme si un poids la lestait, la ralentissait. Et lui, il est frappé par la grâce de ce mouvement, une sorte de langueur, de lassitude. Elle se dirige vers la fenêtre et tente de scruter l'horizon au-delà de la ligne des immeubles, au-delà de la barrière de pollution. Mais rien ne retient son regard. Elle est au-dedans d'elle-même. Dos tourné, elle dit : « Je vais repartir. Là-bas. En Italie. Aujourd'hui. »

Il ne réplique rien. À quoi bon ?

Elle finit par se retourner : « De toute façon, je ne te serais d'aucune aide ici. »

La parfaite insensibilité du bourreau.

Acte III

C'est Livourne à nouveau, où l'automne est soudainement arrivé. C'est le lent ballet des ferries, la corne qui retentit dans l'indifférence lorsqu'ils quittent le port, l'écume qu'ils laissent derrière eux en s'éloignant, la fumée s'échappant dans un ciel laiteux, leur silhouette lourde s'enfuyant vers les îles. C'est la plage désormais absolument déserte, le sable qui colle aux chaussures, les devantures baissées sur le front de mer, un vieillard sous un parapluie. C'est les toits de la ville, les tuiles dont l'ocre est luisant, les antennes de télévision, les fenêtres fermées qui abritent les vies ordinaires. C'est la villa écrasée de silence, un feu dans la cheminée que Graziella a allumé avant de rentrer chez elle, l'écran d'ordinateur où restent accrochées des phrases, et le désir d'une femme qui attend un homme.

Et d'un coup, le jeune homme est là. Là. Dans les rues, où il marche sans faiblir les yeux rivés sur ses pas. Auprès de la maison sur le promontoire, vers laquelle il s'avance. Devant la porte, où il sonne sans frémir. Dans l'embrasure, gigantesque malgré son âge. Au milieu du salon, où il serre la femme entre ses bras, comme pour la rassurer, dans une inversion spectaculaire des rôles. Il est là, les cheveux noirs, les yeux noirs, et son désir à lui trop longtemps contenu, le désir de ses vingt ans presque impossible à rassasier, cette voracité. Il mord les lèvres de la femme, presse le corps contre le sien, comme s'il avait réellement souffert d'être trop longtemps séparé, comme si elle lui avait manqué. Elle lui a manqué.

Il ne dit rien. Rien du tout. Ni qu'elle lui a manqué ; des mots comme ça il ne les prononce pas. Ni qu'elle est belle, parce que c'est des paroles vides de sens, lancées comme un bonjour, un ça va, sans y penser. Il ne lui demande pas des nouvelles de son mari, ne sait pas qui c'est son mari, ne l'a jamais vu, il appartient à une autre vie, il ne se sent pas de solidarité avec les gens du dehors, même accidentés. Ce qui s'exprime, c'est les yeux noirs, les yeux qui la déshabillent ou la caressent, c'est la bouche carnassière, c'est la peau. Il croit qu'on dit l'essentiel avec la peau.

Elle, souffle coupé. Elle n'avait pas imaginé qu'une étreinte puisse tout rallumer en elle, qu'un seul serrement ait un tel pouvoir, elle pourrait suffoquer. Elle s'efforce de ne pas penser à ce que ça signifie, ça, commencé comme un jeu, soudain transformé en urgence, en fièvre. Elle ne pense pas non plus aux années qui les séparent afin d'occulter que ce sont les années qui les condamnent. Elle s'abandonne. Le mieux, n'est-ce pas, c'est encore de s'abandonner.

C'est, dans l'automne toscan, la réunion des amants improbables, tandis qu'à Paris un mari trahi entame une longue convalescence. C'est, dans la fougue, les corps allongés sur le carrelage tandis que, dans la douleur, une carcasse va devoir réapprendre à marcher.

Le jour se lève, elle observe l'homme, encore ensommeillé, tâtonnant nu au milieu des pièces, les yeux mi-clos, les cheveux ébouriffés, comme s'il n'était pas encore revenu au monde, comme si elle n'existait pas réellement. Il porte sur lui les stigmates de la nuit amoureuse. Elle, elle a enfilé un peignoir de bain, pour dissimuler les seins pas assez fermes, la peau lâche, toujours pas habituée à se faire aimer de la sorte, sans retenue, sans jugement. Elle vit depuis si longtemps avec l'idée que son intelligence l'emporte sur son apparence, qu'on se dirige vers elle pour ses livres, et pour rien d'autre. Elle persiste à s'émerveiller qu'un jeune homme se moque de sa littérature et se jette sur son corps. Elle ne peut s'empêcher de ne pas y croire totalement.

Dans un éclair de lucidité, elle murmure pour elle-même : quand j'y pense, quelle stupidité, cet attachement contre nature, ridicule, voué à échouer. Quelle tragique et merveilleuse stupidité.

Il vient se blottir contre elle, pose sa tête dans son cou, à la manière d'un petit enfant ou d'un chat, il voudrait le sommeil encore, il voudrait que ce ne soit pas le jour, il voudrait la chaleur encore. Elle caresse sa chevelure où quelques boucles ont repoussé, et la barbe qui s'est emparée du visage, qui accroche la paume de ses mains. Elle songe qu'elle ne va pas parler. Non. Ne rien révéler à propos de l'aveu et du marché. À quoi ça rimerait ? À quoi ça rimerait de briser la perfection de l'instant ?

Et puis, elle n'a jamais évoqué François avec Luca. Enfin, jamais vraiment. Seulement des allusions, des choses indirectes, annexes, matérielles. Elle ne va pas commencer à parler de son mari avec son amant. Ce serait grotesque. Inapproprié. Peut-être même obscène. Les adjectifs qu'on trouve quelquefois, quand on se cherche des excuses.

Tout de même, il y a quelque chose d'exact : Luca ne demande rien. Du reste, c'est une des raisons qui l'ont poussée vers lui, cette virginité, cette blancheur, cette absence d'exigences. Parfait pour elle, qui n'a jamais apprécié de rendre des comptes.

Bien sûr, la révélation à son époux de son infidélité ne constituerait pas une information anodine, subalterne. Habilement présentée, elle pourrait même avoir l'air d'un hommage à l'amant. Mais il ne faut pas être grand clerc pour comprendre que les risques de parler sont considérables. Qui sait si elle ne perdrait pas Luca aussitôt ? Soit parce qu'il n'apprécierait guère une situation aussi malsaine, ou une femme aussi égoïste. Soit parce qu'il serait effrayé d'envisager quel enjeu il représente. Non, il vaut bien mieux se taire.

En fait, ce qui pourrait la conduire à sortir du mutisme, ce serait de déterminer s'il existe une troisième hypothèse : dans celle-là, Luca lui proposerait de quitter son mari. Bien peu probable. Elle demeure convaincue que la nécessité qui les rassemble est marquée par l'urgence et l'irresponsabilité, et non par la volonté de durer. Et d'ailleurs, elle s'en accommode très bien. Au moins le croit-elle.

Elle continue de caresser ses cheveux, sent le souffle de l'homme sur la veine de son cou, l'odeur du pain qui a fini de griller. Elle tourne légèrement la tête en direction de la baie vitrée. La brume du matin est en train de s'estomper. Un soleil timide et blanc tente de percer. Ce sera une belle journée.

Dans son absence, elle recommence à écrire. Une fois qu'il a quitté la villa pour gagner l'Académie navale, abandonné derrière lui ses effluves de jeune homme, elle s'assoit à la table, devant la baie vitrée, devant la mer, et reprend la phrase où elle l'a laissée la veille. Elle reprend l'histoire de la femme veuve, attendant qu'on lui restitue le corps introuvable de son mari, et dialoguant avec un bel inconnu au bar d'un hôtel perdu. Elle persiste à ne pas vouloir voir que les histoires qu'elle invente sont plus proches de la réalité que la vérité elle-même.

Elle se rappelle qu'au début de sa relation avec François, elle ne parvenait plus à écrire. Trop dérangée par cette passion nouvelle, trop encombrée par les sentiments. Tout d'un coup, ça avait été impossible d'être à la fois dans l'amour et dans l'écriture. Il lui avait fallu choisir. Ou les circonstances avaient choisi pour elle. La fièvre du moment.

Et puis, avec le temps, elle avait réussi à reprendre le dessus, à avoir le désir d'un livre à nouveau, la nécessité d'un livre. Ou bien ses élans s'étaient disciplinés.

Là, c'est autre chose. Elle n'est pas déréglée, peut-être juste un peu freinée. Cela signifie donc qu'elle n'est pas amoureuse. Du reste, elle se le répète : « Je ne suis pas amoureuse. » Mais, à force de se le répéter, elle devine que le doute est permis.

À quoi reconnaît-on qu'on est amoureux ? À la morsure du manque ? Au besoin d'être avec l'autre, plus souvent que le temps imparti ? À la pensée qui vagabonde ? Au seul fait qu'on se pose la question ?

Depuis combien d'années ne s'est-elle pas posé la question ?

Non, bien sûr, elle n'est pas amoureuse. Ce serait risible. Elle n'est pas une midinette, une écervelée. Et surtout, elle a conscience de la situation : elle sait parfaitement le gouffre de leurs différences qui interdit tout lendemain, elle sait la jeunesse de Luca qui doit se déployer, sa maturité à elle qui la mène vers d'autres combats, elle sait l'Italie et la France, elle sait la liberté du garçon et les servitudes de son statut à elle. Il vaut bien mieux repartir dans l'écriture, s'accrocher à la magnifique certitude de l'écriture.

Sauf que, d'un coup, c'est curieux, les mots ne viennent plus aussi facilement.

Alors, par diversion, elle cherche un titre, elle a toujours été très bonne pour les titres, tout le monde le dit. Elle cherche la fulgurance qui résume, ou la formule qui intrigue, l'association des mots à laquelle nul n'avait pensé avant. Elle cherche et ne trouve pas. Elle se lève de la table, baisse l'écran de l'ordinateur pour ne pas contempler sa défaite, va enfiler un pull, elle a un peu froid.

Elle songe : c'est déjà arrivé, que ça résiste, ça arrivera encore, pas de quoi s'inquiéter. Elle songe : ça reviendra, c'est toujours revenu, il n'y a rien à faire, qu'à attendre. Elle songe : ça peut attendre de toute façon, rien ne presse. Elle va aller marcher sur le front de mer. Et qui sait, ses pas pourraient la guider jusqu'à l'école navale.

Elle songe : ce serait plus simple s'il s'agissait seulement d'un adultère. Plus simple que la fin d'un amour, le commencement d'un autre.

Elle est la folle du port de Livourne. La femme emmitouflée qui marche le long du quai, lève les yeux pour contempler la coque rouillée des navires, suit le mouvement des mouettes dans le ciel plombé, s'en revient au sol, aux cargaisons, aux cordages, aux amarrages. Les files d'attente ont disparu. Plus personne ne se rend sur les îles. D'ailleurs, on a diminué le nombre des rotations, on entre dans la morte-saison, une île sans le soleil, sans le bleu du ciel, c'est mortifère, voilà ce que les gens pensent, les ferries parfois tournent presque à vide.

Elle s'approche des bâtiments défraîchis, abîmés de l'Académie. Derrière les murs, des jeunes gens, habillés en matelots, apprennent l'ordre, la discipline, apprennent la guerre, le chaos, ne savent rien de l'ennui qui les attend, des corvées répétitives, de la réalité qui déçoit. Luca est parmi eux. Elle poursuit son chemin.

À Paris, François s'accroche à des barres parallèles afin de retrouver l'usage de sa jambe. Il est dans l'effort, l'effort pour redevenir un homme normal, entier.

Louise se demande à nouveau si elle est un monstre. Si le pacte qu'elle a passé avec François fait d'elle un monstre. Elle pense aux contrats qu'on signe, aux compromis qu'on accepte. Le vent du matin vient lui cingler les joues. Elle remonte le col de son manteau et décide de rentrer.

Revenant sur ses pas, elle croise les hommes du port, ceux qui ne s'intéressent pas à elle. Parce que le froid la saisit, elle décide d'aller s'asseoir quelques instants à l'intérieur du café. L'envie de se réchauffer, et d'être là derrière la vitre, à ne rien faire que contempler la rampe du ferry. Sur une table traîne un vieil exemplaire de *La Repubblica.* On parle d'un scandale qui éclabousse la classe politique. Elle ne touche pas au journal. Elle regarde autour, observe quelques instants la patronne, une femme grasse et blonde avec une allure formidable, se dit que les gens dans le café sont des habitués, que personne n'aurait l'idée de venir ici sinon. Elle est envahie par une tristesse étrange, qu'elle ne comprend pas. Elle dépose de la monnaie sur la table, abandonne son café à moitié bu. Et reprend sa marche.

Elle passe le temps, croyant que le temps lui apportera des réponses.

En pénétrant dans la villa, son attention est attirée par le bruit en provenance de la cuisine. Graziella est occupée à ranger le désordre qu'elle a laissé. S'étonne-t-elle qu'il y ait deux bols sur la paillasse ?

Reconnaît-elle le parfum de son fils ? Ou plus sûrement s'affaire-t-elle sans chercher à percer l'intimité de la personne qu'elle sert ? Graziella sait où est sa place. Et ce n'est certainement pas avec cette bourgeoisie oisive.

Louise va la saluer. Graziella lui sourit en retour, d'un sourire doux et fatigué. Et lui dit : « Ça va, le livre ? ça avance ? » Louise est surprise par la question. Elle dit : « Oui, ça va bien, je suis contente. » Donc, ce qui lui vient en premier à l'esprit est un demi-mensonge. Ce n'est pas la première fois.

Cela dure plusieurs semaines. L'amour clandestin, l'amour partout dans la maison, les étreintes affamées sans se lasser, la rudesse, la peau nue, les baisers, mais aussi les heures vacantes, les corps allongés, comme morts, l'inertie, la belle inertie, la délicatesse, les longs silences, son sommeil à lui et ses éveils à elle, et l'amour encore, les enlacements, le plaisir, les murmures, ce qui leur échappe, le corps qui parle.

Cela dure plusieurs semaines. Les promenades sur le rivage, la solitude sur la plage, les crochets par le port, les cafés brûlants au bar de la Marine, les joueurs de cartes ou de bingo, l'irruption d'un voyageur parfois, et puis le retour aussitôt à la vie normale, les cartes, le bingo, les nouvelles de la veille dans les journaux froissés, la pluie sur la vitre ; et elle, devenue une habituée désormais.

Plusieurs semaines. Le livre presque en panne, les mots difficiles, l'esprit accaparé, les mains immobiles sur le clavier, le profil détourné. L'amour qui prend le pas sur l'écriture.

Plusieurs semaines. Les bras du mari lointain arrimés aux barres parallèles, les muscles bandés, le visage tordu de douleur, la volonté têtue d'y arriver, les écroulements quelquefois, la chute, la carcasse qui lâche, et l'infirmière qui accourt, et lui qui fait non de la main, arrête l'infirmière, dit je vais me relever tout seul je dois me relever tout seul je n'ai pas mal, les bras qui s'arriment à nouveau, l'ossature qui se redresse, les pas qui recommencent, encore un combat de gagné.

Plusieurs semaines. La dissimulation à Luca, les fausses paroles rassurantes à François, le poids des secrets, celui des aveux, les balances fragiles, les équilibres instables, l'incertitude généralisée, cette peur qu'à la fin il n'y ait pas de gagnant, que tout le monde perde. L'indifférence à la peur aussi, puisque rien ne compte davantage que l'amour qui se fait.

Et puis, un matin, où l'attention s'est relâchée, où le sommeil est advenu trop tard, où les réveils ont été manqués, un matin de trop grande confiance en soi, d'inconscience du danger, Graziella découvre la liaison clandestine.

Cela commence par le bruit dans la cuisine, un bruit rassurant d'ordinaire, et Louise se redresse dans le lit, consulte l'écran où l'heure s'affiche en cristaux liquides, comprend tout de suite, bouscule aussitôt Luca, et lui, il ne comprend pas, il ne sait pas, encore dans les limbes, encore plein de la fatigue sensuelle, alors elle dit les mots, elle dit les mots qui le frappent : « la tua mamma ! ». Aussitôt, dans les yeux du jeune homme, non l'expression de l'animal traqué, pris au piège mais plutôt une frayeur enfantine d'un coup resurgie, une culpabilité lointaine, et aussi la détresse à l'idée de faire du mal, la détresse à l'idée de décevoir. Et pas d'échappatoire. Pas d'issue de secours.

Cela continue par un bref conciliabule à voix étouffée. L'évaluation des forces en présence, la concession rapide de la défaite, la décision de ne pas se justifier pour ne pas sombrer dans l'indignité, le choix d'une certaine sobriété.

Luca s'habille sans précipitation, à quoi bon, mais ses mouvements d'ordinaire si souples trahissent une certaine nervosité, puis il descend calmement l'escalier, façon de se dominer, et au-dedans, le cœur qui cogne, les muscles qui tétanisent. Lorsqu'il atteint la dernière marche, sa mère apparaît, devant lui, finissant d'essuyer ses mains dans son tablier, comme dans une tragédie trop bien réglée. Elle relève la tête, marque la surprise, mais c'est une stupeur très courte, très fugace, comme on chasse une mouche, comme on remet une mèche en place. Après, immédiatement après, son visage est impassible. Personne ne saurait y discerner quoi que ce soit. Personne, sauf lui, son fils, qui voit la révélation, la compréhension, l'assimilation, puis le dépit, le tout ramassé en un instant : la fracture intime. C'est à peine quelques secondes mais tout entre dans ces secondes-là, tout tient.

Ils ne se disent rien. Ils viennent de tout se dire. Parler à voix haute serait inutile. Déplacé.

Graziella s'écarte légèrement, Luca descend la dernière marche en baissant les yeux, il a un bref moment d'hésitation, la tentation de prononcer une parole, malgré tout, même maladroite, même intolérable, de faire un geste, même inapproprié, déposer un baiser sur sa joue, par exemple, oser cette tendresse, cette provocation, mais finalement poursuit son chemin. Et quitte la maison. Graziella s'en retourne à la cuisine, en lissant son tablier froissé. Elle doit préparer le petit déjeuner de la Française.

Quand Louise se présente à son tour, cinq minutes plus tard, c'est le même cérémonial, le même échange de regards, le même mutisme où tout est dévoilé. Consommé. Consumé.

Il faudrait probablement s'interroger sur l'enchaînement des circonstances, sur cette fatalité étrange qui fait qu'un accident en entraîne un autre, ou sur ces trajectoires qui bifurquent considérablement juste parce qu'elles ont frôlé un obstacle minuscule.

En réalité, si on s'interroge si peu, c'est sans doute parce que, la plupart du temps, on ne change rien à ce qui *devait* arriver.

Luca s'est assombri. Elle le constate, dès son retour, le soir même. Dans la posture, il a quelque chose qui la tient à distance, ou qui se refuse. Elle revoit ce qu'elle avait vu la première fois chez lui, lorsqu'il s'était présenté, affolé, à la villa : la soumission des fils italiens, ce respect pour la mère, mâtiné de frayeur. Il sait qu'il a contrarié celle qui l'a mis au monde, lui a appris à marcher, l'a relevé quand il tombait, l'a nourri patiemment, l'a fait grandir, et il sait que ce n'est pas bien. Il répète les mots : « Ce n'est pas bien. » Et Louise contemple un petit garçon. Elle voudrait le prendre dans ses bras mais devine qu'il ne le supporterait pas. Alors elle le laisse gémir, et se morfondre, et fait comme si elle ne s'apercevait de rien. Elle prépare le dîner, elle qui n'a jamais su faire une chose pareille. Elle l'entend marcher dans le salon. Et soudain, elle entend la porte qui claque. Il est parti. Il est parti la retrouver. La mère. Lui demander pardon. Il ne peut pas faire autrement, que d'aller demander pardon. Il s'en veut, il est grand maintenant, il ne devrait pas être rongé comme ça, par la culpabilité mais c'est plus fort que lui, les mères sont plus fortes que les fils, il va demander pardon. Louise reste seule dans la cuisine, elle pose les ustensiles, elle ne dînera pas ce soir, de toute façon elle n'avait pas très faim.

Luca se tient devant sa mère, et elle, elle ne l'aide pas, elle ne l'aide pas à parler, vaquant à ses occupations, ce grand dadais l'agace, toujours dans ses jambes, il n'a rien de mieux à faire que de tourner autour, avec son air lamentable. Il est là, encombré de sa maigreur, la tête baissée, qu'il redresse parfois dans un sursaut de fierté, d'orgueil, avant de l'incliner à nouveau, vaincu par l'indifférence affectée, la fausse indifférence de la cruelle génitrice. Et puis, il finit par articuler les mots. Formule une excuse. Une excuse pour le mensonge. Il dit qu'il aurait dû parler, lui dire plus tôt, mais qu'il n'a pas su, pas pu, pas osé. Elle demande : « Je te fais peur ? » Et il répond : « Non », précipitamment quand tout son corps crie : « Oui. » Elle dit : « C'est pour elle que tu ne rentrais plus le soir depuis des semaines ? » Il opine, comme on confesse une faute. Après, elle ne pose pas d'autre question, et lui, il préférerait. Il répondrait aux questions, à toutes les questions, vraiment, mais non, elle attend qu'il parle, qu'il raconte lui-même l'histoire. Elle ne l'aide pas.

Vingt et un ans. Il a vingt et un ans.

Il se lance. Il dit la surprise. Sa surprise d'avoir été attiré par la femme âgée, la femme française, la femme qui écrit, par toutes ces dispositions si éloignées de lui, si étrangères à son désir. Il dit qu'il a un peu résisté au début. Mais pas longtemps, en fait. Non, pas longtemps. Il dit qu'il s'est jeté dans l'histoire et qu'après, c'est devenu impossible de s'arrêter, d'arrêter cette folie. La mère écoute, sans broncher. Comme il se tait, elle demande : « Tu sais qu'elle est mariée ? » Il baisse la tête. Oui, il sait. Il se souvient qu'on ne couche pas avec la femme mariée, qu'on ne prête pas son concours à une infidélité, qu'il n'y a rien de pire que l'infidélité. La mère retourne à ses occupations. Elle n'octroie pas son pardon. En tout cas, pas ce soir.

Avant qu'elle ne quitte la pièce, il interroge : « Tu vas le dire à papa ? » Elle se retourne vers lui, son grand garçon si misérable. Elle lance : « Tu devrais lui dire, toi » (manière de faire comprendre qu'elle ne le trahira pas ; pour le protéger ? ou parce qu'elle a honte ?). Et elle s'en va, souveraine.

Par la fenêtre, il regarde le ciel d'orage, le noir saturé d'éclairs muets, l'ombre menaçante. Il se demande si Louise voit la même chose derrière la baie vitrée de la villa, là-haut, sur le chemin de la mer, à l'écart de la ville, à l'écart des maisons populaires. Ou si, au contraire, le ciel est plus clair sur les hauteurs.

Le jour d'après, il est là. Soulagé et triste. Soulagé car délivré du mensonge. Triste de la désillusion infligée.

Un Luca triste, c'est un Luca avachi dans le canapé, les jambes écartées, la nuque inclinée vers l'avant, les mains ballantes entre les cuisses, une cigarette qui se consume au bout des doigts. Il a les pieds nus, porte un jean déchiré aux genoux – qui porte encore ça ? –, un pull déchiré au coude, le col en v souligne son torse, il sait qu'il plaît dans cette tenue-là, qu'il plaît à la femme qui écrit, et pourtant, il ne cherche pas à plaire, accaparé par sa tristesse, il songe que ça passera, souhaite que ça passe ; si ça ne passe pas, il faudra qu'il agisse.

Elle ne s'approche pas de lui. Assise au bureau, face à la mer, elle observe son reflet dans la vitre, la lumière électrique lui envoie son reflet dans le soir déjà tombé.

La cendre chute au pied du jeune homme. Il finit par se lever, s'arracher au sofa, c'est un effort considérable, à vingt et un ans on fatigue vite quelquefois. Il s'approche d'elle, désormais il se tient debout derrière son dos, pose ses mains sur ses épaules. Elle porte ses lunettes, sourit légèrement, s'efforce de rester concentrée sur l'écriture. Il n'a pas vu les films, il ne sait rien de Romy Schneider et de Michel Piccoli, rien des *Choses de la vie*, il ne sait pas que certains moments de la vraie vie appartiennent à des films, qu'on reproduit des images, sauf qu'il y a le spleen, dans le film il n'y avait pas cette mélancolie-là et Michel Piccoli était vieux. Mais il dépose un baiser dans le cou de la femme, comme Michel Piccoli dans le film.

Elle a envie de pleurer, ne pleure pas.

Elle comprend soudain qu'elle doit parler, maintenant. Qu'elle doit se débarrasser aussi du mensonge, là, maintenant.

Elle se retourne, dit : « Il faut que je t'avoue quelque chose. »

Le coup est parti.

L'enchaînement des circonstances.

Après, elle pensera aux silences qu'il aurait fallu préférer, aux occasions de se taire qu'on perd quelquefois, aux vérités qui ne sont pas bonnes à dire, à ces expressions toutes faites qui traduisent le bon sens populaire et qu'elle n'aurait pas dû mépriser. Elle pensera aux sottises qu'on commet parfois sans y penser, aux faiblesses passagères, aux intuitions erronées, aux emballements regrettables. Elle se souviendra de paroles malheureuses, jamais vraiment rattrapées, de confessions hâtives, de confiance mal placée, y compris en soi. Elle verra défiler des sourcils froncés, des regards blessés, des surprises mal encaissées, des visages finalement perdus. Elle songera aux coups de canif qui font saigner mais ne tuent pas, aux accidents idiots, aux erreurs fatales.

Elle aura tout le temps d'y penser.

Pour le moment, elle répète : « Oui, je dois t'avouer quelque chose. »

Elle se lève de la table d'écriture, le bouscule en se levant, l'oblige à se déplacer, se montre un peu maladroite, comme si elle se dégageait de son étreinte. Tout de suite, elle confère une solennité à son geste, alors qu'il faudrait, à l'évidence, être dans la simplicité, presque l'inadvertance. Les femmes, elles savent faire ça, l'inadvertance, beaucoup mieux que les hommes. Elle n'en veut pas. Elle pense : nous méritons mieux (l'arrogance qui revient, sa vraie nature). Mais que sait-on exactement de ce qu'on mérite ? Et lui, aussitôt, il comprend qu'il ne va pas aimer ce qu'elle va raconter.

Elle dit que ça a à voir avec son mari, bien sûr, mais ne s'attarde pas, ne se lance pas dans un long exposé, ne reprend pas depuis le début, ne s'accorde pas les précautions d'usage, tous ces préparatifs diplomatiques. Elle file droit au but. Elle dit la révélation faite à l'accidenté sur son lit d'hôpital, la violence doucereuse de cette révélation. Elle insiste à peine sur le passage en revue des années, le résumé de leurs existences, l'examen du temps partagé, la cruauté des constats. Elle dit la tendresse quand même, ce qui tient encore deux êtres ensemble. Enfin, elle dévoile le marché, ce truc boiteux, honteux : « Je veux essayer avec l'autre. Après ça, je saurai si je te quitte ou non. » Elle est folle. C'est à ne pas croire, elle est folle. Comment expliquer, autrement, ce besoin de mettre au jour sa propre méchanceté, son égocentrisme, son hypocrisie ?

Après coup, probablement, elle racontera : « Je voulais dire la vérité. Quand on la dit, on la dit tout entière, sinon ça n'en vaut pas la peine. » Elle parlera de délivrance, d'honnêteté, toutes ces balivernes. Mais là, sur le moment ?

En réalité, là, sur le moment, sans le vouloir, sans s'en rendre compte peut-être, elle prononce des mots d'amour. Elle fait une déclaration. Ça lui échappe. En fait, sans doute, est-ce le seul moyen qu'elle a trouvé, passer par le côté, pour y parvenir. Un acte manqué. Sans doute aussi est-ce l'unique façon pour obtenir la réponse à la question qu'elle refusait de se poser : oui, voilà, elle est amoureuse. Car, ne nous y trompons pas, c'est ça qu'elle dit lorsqu'elle évoque le marché conclu avec François, ça, l'amour pour Luca, et rien d'autre.

Au fond, elle souhaite qu'ils inventent un nouvel état d'innocence, qu'ils remplacent celui d'avant, celui où ils ne savaient pas, par une disposition parfaite, celle où ils seraient délestés, chacun, de leur culpabilité.

Et lui, il écoute. Sans broncher. Sans l'interrompre. Il a ses yeux d'enfant, presque écarquillés, incroyablement attentifs, ceux de l'enfant hypnotisé, qui demeurera mutique tant que l'autre s'exprimera. Impossible de déterminer le fond de sa pensée. Rien n'émane de son visage que cette attention absolue. Cette contemplation qui pourrait sembler de l'idiotie.

Il écoute et il n'entend pas la déclaration d'amour, et pas davantage l'honnêteté. Il n'entend que la mystification et la brutalité exercée contre le mari diminué. Car il est ramené à son propre mensonge et aux explications douloureuses avec sa mère. Tout à coup, il les voit, Louise et lui, comme des monstres, des égoïstes, insensibles, enfermés, soucieux uniquement de leur plaisir, et à qui le dehors se rappelle soudain. Il ne se sent pas délivré de sa culpabilité, mais au contraire écrasé par elle. Il a des états d'âme, le pauvre chéri. Comme si la passion tolérait les états d'âme.

Il dit : « Tu es capable de quitter ton mari alors qu'il a besoin de toi ? »

Elle ne s'attendait pas à pareille réflexion, marque la surprise. Et la formulation lui déplaît. Elle a envie d'objecter : « Les choses ne se présentent pas de la sorte. » D'ajouter, avec une pointe d'agacement : « Ce n'est pas ça qui compte. » Et pourquoi vient-il prendre la défense de l'époux ? Il est bien temps d'y songer ! Jusque-là, il ne l'avait pas tellement gêné, le mari lointain, handicapé ! Cependant, elle se tait, devinant qu'il s'agit d'une esquive, d'un subterfuge. Elle se tait, parce qu'elle a prononcé des mots et qu'il en a entendu d'autres. Elle se tait, parce qu'il a choisi, lui aussi, de passer par le côté.

Il enchaîne : « Si tu en es capable, alors ça veut dire que tu me quitteras un jour. »

Nous y voilà. Il revient à son propre cas (elle préfère). Il spécule (se projette donc dans l'avenir, c'est plutôt rassurant). Surtout il met en lumière des vices jusque-là cachés (et en paraît déconcerté – la connaît-il si mal ?). C'est l'enfance qui l'emporte toujours chez lui. Les remords ne durent jamais longtemps.

Il conclut : « Tu es une femme sans hésitation. »

Elle aime la phrase, pourrait en faire le titre d'un livre. En revanche, elle n'apprécie guère le reproche qui s'y loge. Car elle ne se considère pas comme un animal à sang froid, une personne sans cœur. Simplement, elle n'obéit pas toujours aux canons de son sexe, n'ayant jamais tenu la soumission et la délicatesse pour des qualités.

Elle dit : « Je n'aime pas qu'on ait besoin de moi. Je ne veux me sentir aucune responsabilité. Vis-à-vis de quiconque. »

Piquée au vif, la star des lettres. Alors, elle se retire de l'intimité pour rappeler une vérité générale, se draper dans ses principes. À qui croit-il parler ? Elle revendique sa liberté. Son détachement. Sa solitude. Elle n'en a pas honte. Ne va pas s'excuser.

Elle ajoute : « C'est pour cette raison que je tiens tant à toi : parce que tu n'as pas besoin de moi, parce que tu ne me demandes rien. Et parce que tu es sans passé. Le passé est un fardeau. »

Elle se radoucit. Revient dans l'intime. Elle a vu le regard effaré du jeune homme tandis qu'elle assenait. Elle retourne aux mots doux. Aux effusions implicites. Et qualifie pour la première fois ce qui lui plaît chez le jeune homme : son indépendance, sa virginité, tout le contraire de François. Pas franchement une révélation.

Après, elle se tait, se contentant de soutenir le regard de l'autre, de le tenir encastré dans le sien, comme on tient une note, un aigu, un apogée. Puis, elle se rapproche de lui et le serre entre ses bras. Il répond à son étreinte. Mais pas autant qu'elle le voudrait. Non, pas autant qu'elle le voudrait. C'est à peine perceptible, il ne manque pas grand-chose, pourtant cette infime réticence suffit à lui faire peur.

À la plonger dans la terreur.

C'est un autre jour.

Le froid du carrelage sous les pieds, le craquement d'un feu dans la cheminée, la brume derrière la baie vitrée, le désert de la plage, l'automne en permanence.

La silhouette de Graziella qui s'échappe, le silence distant d'avant la complicité, le ballet des fantômes.

Paris qui appelle, la voix de François qui s'oblige à la neutralité, les nouvelles qui sont bonnes, le temps qui fait son œuvre.

La musique des doigts sur le clavier, le ronronnement de l'ordinateur, le livre qui s'écrit, tant bien que mal.

C'est l'apprentissage de la disparition.

Car Luca a disparu. Ou plutôt il n'a pas réapparu.

Un soir, il n'a plus été là.

C'était il y a une semaine.

Le matin, il est parti normalement, l'a embrassée, comme il le faisait souvent, déposant un baiser sur sa nuque – elle dort sur le côté –, elle ne s'est pas retournée, a sans doute gémi, rien d'autre, n'a pas eu le courage de lui rendre son baiser, de le retenir un peu, elle voulait rester dans la belle chaleur des draps alors que la pluie cognait aux fenêtres, il n'a rien dit, elle s'en souviendrait, il est peut-être resté quelques instants dans l'embrasure de la porte de la chambre, à la contempler, à la contempler une dernière fois, puisque, lui, il devait savoir que ce serait la dernière fois, il est peut-être resté plus longtemps qu'à l'habitude, comme on dit adieu, ou non, il est parti très vite, sans mélancolie, il a ramassé ses affaires, les a jetées dans un sac, ses gestes ont été mécaniques et précis, il a dévalé les escaliers, ouvert la porte, l'a refermée sans la claquer ni veiller non plus à ne pas faire de bruit, elle n'a rien entendu d'anormal, ni colère ni étouffement, quand il a été dehors il a respiré l'air et s'est mis en marche et elle a continué à dormir.

Le soir, elle a été surprise de ne pas le voir revenir à l'heure dite. Qu'on imagine. C'est novembre, la pluie aux fenêtres qui n'a pas cessé de la journée, elle attend le jeune homme, ce n'est que de la routine, elle attend sans inquiétude, sans doute est-elle occupée à des choses subalternes, les choses que l'on fait sans même y penser, parce qu'on doit les faire, elle ne soupçonne rien, elle range la maison, répond à un coup de fil, dit que tout va bien, il y a peut-être une musique en bruit de fond, un air de piano, elle consulte sa montre, il a un peu de retard, elle ne s'inquiète pas, il aura été retenu, elle ne lui en fera pas la remarque, elle attend, voilà une heure que l'heure est dépassée, se sont-ils bien compris, elle vérifie, non c'est bien ça, il devrait être là depuis longtemps, ce n'est pas normal, elle commence à se faire du mauvais sang, et s'il avait eu un accident, et s'il était arrivé quelque chose, elle appelle son portable mais personne ne répond, ça sonne dans le vide, elle sort dehors, sous la pluie, va sur la route, regarde en visière, comme pour le faire venir, mais rien, rien ni personne, sauf la mer, la mer interminable, et puis elle rentre, ne s'assoit pas, tourne en rond, elle a un mauvais pressentiment, ça y est, elle commence à comprendre, ne veut pas y croire pourtant, mais c'est possible, oui c'est possible, il peut avoir fait une chose pareille, disparaître, la quitter, et d'un coup ça devient évident, éclatant, monstrueux, il l'a fait, elle est dans la stupeur, la stupeur à l'idée qu'il l'ait fait. En une ultime rebuffade, elle s'oblige à douter mais renonce presque aussitôt, vaincue. Elle tente de déterminer s'il y a eu des signes, des indices. Elle songe qu'elle aurait dû persister dans le mensonge, ne pas avoir de conversation avec lui, ce n'est jamais bon les conversations dans les commencements d'une relation. Elle songe que ça ne peut pas être seulement cela, que ça vient de plus loin, sans doute, que c'est arrivé avec lui, en fait, l'impossibilité de s'aimer, avec son âge, sa turbulente jeunesse, leurs trop nombreuses différences ; leurs existences incompatibles. Elle se demande ce qu'elle aurait pu faire pour empêcher une calamité pareille, sa disparition. Et la réponse est rien, bien sûr. Rien. Mais comment ne pas se sentir flouée ? Et déchirée. Tout de suite, elle comprend que c'est irrémédiable. Là où d'autres minimiseraient, pour se rassurer, temporiseraient, elle devine qu'il ne reviendra pas.

C'est un autre jour.
Une semaine après la disparition.

Elle est assise au bar de la Marine. C'est le milieu de l'après-midi, il n'y a personne. Les gens travaillent. Il n'y a qu'elle et le serveur, le petit Gabriele, qui est un peu commis, un peu garçon à tout faire quand la patronne va se reposer. Elle se dit que Gabriele doit avoir à peu près le même âge que Luca, qu'il a peut-être rêvé lui aussi de devenir marin, hélas il a une jambe plus courte que l'autre, une malformation de naissance, il marche de guingois, elle trouve cela charmant mais ça fait de lui moins qu'un homme, quelqu'un qui ne peut pas partir, sur qui on ne peut pas compter, alors il reste là, derrière le comptoir à préparer les bières, les cafés, ou il passe en salle pour nettoyer les tables, personne ne lui prête attention, sauf Louise aujourd'hui, parce qu'ils sont seuls et qu'il lui sourit, comme s'il comprenait son chagrin secret, comme si les écartés partageaient le même chagrin secret. Elle se demande s'il y a une fille dans la vie de Gabriele, et sans doute c'est le cas, ils se retrouvent le soir, dans le cœur de Livourne, derrière les fenêtres éclairées, ils ont une vie simple, ils ne se posent pas de questions, tant qu'ils sont ensemble ils ne se posent pas de questions. Et, tout à coup, elle l'interroge directement, ça sort comme ça, tout à trac, et il est interloqué, nul ne s'adresse jamais à lui, nul ne s'intéresse à lui, il est dans la timidité, il ne sait pas s'il doit répondre et finalement il dit : oui, elle s'appelle Maria Grazia, et il rougit et Louise est contente pour lui, pour eux. Contente à en pleurer.

Elle pense aux garçons qui ont une amoureuse dans leur vie et à ceux qui fichent le camp, qui s'effacent, sans préavis, sans explication, sans regrets, et qui continuent leur vie, autrement, sans difficulté. Elle pense à l'extraordinaire violence de la jeunesse. Cette faculté à tout abandonner dans l'instant, à se réinventer ailleurs. Elle fixe son attention sur Gabriele pour croire que la jeunesse, précisément, ce n'est pas juste de la sauvagerie, que c'est également de la douceur, de la durée, de la facilité.

Elle ne parvient pas à se débarrasser de Luca, de son image. Il est là, obsédant. Et elle s'en veut. Elle s'en veut d'être aussi faible, aussi rongée, aussi folle. Elle a mis tant d'années à s'endurcir. Et la voilà misérable. Elle se fait honte.

Elle ne devrait pas être surprise, pourtant, par sa défection. Si elle est même parfaitement honnête, elle est obligée de reconnaître qu'elle connaissait, depuis le premier instant, la fin de l'histoire. Mais peut-on s'empêcher de se prendre au jeu ? Elle n'a pas su.

Au bar de la Marine, dans une heure, les hommes commenceront à arriver. Ils viendront boire un verre de vin blanc, après le travail. Ou jouer aux cartes, avant de rentrer chez eux. La patronne se sera réinstallée à son comptoir, sur son trône. Car c'est une reine. Qui gouverne le monde des hommes du port. Le petit Gabriele se faufilera comme une ombre, presque invisible, mais redoutablement efficace. Il demandera à Louise si elle veut quelque chose. Et elle répondra : non, rien, merci, je ne veux rien.

À Graziella, elle meurt d'envie de parler.

D'abord, elle est discrète, sur la réserve, ne cherchant pas particulièrement le contact mais se montrant suffisamment lasse pour que l'autre devine son désarroi. Et rien ne se produit. La maison est pleine de leur mutisme, de leur distance. Alors elle invente des occasions de se retrouver en sa présence, simplement pour qu'un dialogue soit possible. Mais l'autre se fait plus insaisissable encore qu'à l'habitude, quittant les pièces lorsque Louise y pénètre, déviant le regard quand elle se sent observée, cuisinant le dos ostensiblement tourné, laissant l'aspirateur allumé plus que nécessaire, afin que le bruit empêche toute discussion, filant sans dire au revoir, sans dire à demain. La vérité, c'est que Graziella n'entend pas parler de son fils avec la femme française. Autant parce qu'elle désapprouve l'histoire que parce qu'elle s'interdit toute immixtion dans l'intimité d'autrui. Et aujourd'hui encore plus qu'hier. Car elle sait que la rupture a été consommée, puisque son fils, à nouveau, régulièrement dort chez ses parents. Pour autant, elle ne lui a posé aucune question. Elle ne veut rien savoir. Louise ne pourrait, de toute façon, rien apprendre d'elle.

Alors Louise reste avec les mots au bord des lèvres.

Mais quels mots exactement ? Les connaît-elle, elle-même ?

Des mots qui implorent, qui quémandent des nouvelles ? Qui espèrent – ce serait pathétique – une intercession ? Qui montrent à quel point elle est grotesque, quadragénaire tourneboulée par le démon de midi ? Des mots, comme ça, n'importe lesquels, les premiers qui viennent, juste pour ne pas demeurer seule avec le silence, avec les souvenirs, avec l'espoir, le moche espoir ?

Au fond, elle devrait remercier Graziella de ne pas lui permettre de les prononcer, ces mots-là, de ne pas s'humilier davantage.

Elle devrait la remercier de ne pas s'entendre répondre : « Mais vous vous êtes vue ? Comment vous avez pu y croire ? Les jeunes gens partent, c'est comme ça. Et les femmes d'un certain âge ne devraient pas leur courir après, c'est indécent. Et puis, vous avez un mari, je vous rappelle. Vous pensez à lui ? À des choses aussi idiotes que la fidélité, la compassion ? Bien fait pour vous. Retournez donc à vos livres. À ce qu'on raconte, ce sont les seuls que vous n'avez pas trahis. »

Elle laisse Graziella s'en aller, une fois sa tâche accomplie. Et s'emploie à essayer de guérir par elle-même, de son inconséquence, de son imbécillité.

Et, lorsque la douleur se fait moins vive, elle pense à l'autre homme, celui qui l'attend à Paris, qui remarche à présent, qui occupe ses jours depuis tant d'années, et qui lui propose de les occuper encore, pour le restant des années. Elle pense à lui, mais y met-elle assez de tendresse ? et assez de culpabilité ?

Elle dit : « Je vais rester un peu à Livourne. »

Et François, à l'autre bout du téléphone, entend : « Je te quitte. »

Il a raison.

Pour une fois, elle n'a pas osé. Être directe, tranchée, tranchante. Pas trouvé le courage, les ressources. Même le téléphone, c'est une lâcheté. Elle a refusé le face-à-face, les yeux dans les yeux. Et choisi un sous-texte, une façon détournée. Sans doute pour amoindrir la virulence, ne pas estropier, pour que la sentence – puisque, à l'évidence, c'en est une – ne soit pas insupportable à entendre par le condamné. Mais aussi parce qu'elle n'a plus son aplomb d'autrefois, son impudence, qu'elle a égaré sa superbe, quelque part sur une plage toscane. Au fond, ils sont fatigués. Ils se parlent comme des gens fatigués, pour qui le moindre geste exige un effort considérable. Ils sont des lutteurs sonnés, luttant depuis trop longtemps, dont les poings battent l'air une dernière fois, dans un mouvement las et incroyablement pénible.

Elle va rester un peu à Livourne.

Il ne demande rien, ne rebondit pas. À l'autre bout du fil, il se contente d'énoncer un « Bien », comme on prend acte. C'est ça : il ratifie, sans ponctuer, avec une effrayante neutralité. Pas de haussement de voix, pas de récriminations, pas d'explosion en forme de règlement de comptes, pas de quatre vérités enfin assenées, puisque, de toute façon, il n'aurait plus rien à perdre. Non, juste ça, « Bien », un point au bout d'une ligne ; la carcasse du lutteur, à terre, immobile.

Elle est soulagée. Elle redoutait les phrases sifflantes, caustiques, cette bile que parfois on ne peut pas s'empêcher de déverser, les crachats nécessaires. Elle aurait compris, évidemment, mais espérait néanmoins qu'ils échapperaient à cette médiocrité, cet abaissement. La voici soulagée.

Pour autant, elle imagine facilement sa souffrance à lui, pure comme un diamant, nette comme une coupure. Mais, dans ces cas-là, on préfère encore qu'elle ne s'exprime pas, qu'elle ne nous soit pas jetée au visage.

Tout de même, elle se sent obligée de préciser.

« L'autre n'est pour rien dans ma décision. D'ailleurs, il n'y a plus d'autre. » Elle note cette dernière réplique, sur un carnet posé à côté du téléphone, immédiatement après l'avoir prononcée ; ça sonnera bien dans un roman.

Elle vient de balancer une grenade dégoupillée. Sans s'en rendre compte. Sans intention de nuire. Au contraire : car elle est persuadée que ce genre d'information est propre à amortir le choc. En effet, on peut trouver intolérable d'être abandonné au profit d'un autre, et puis ça condamne l'espérance, celle d'un retour, tandis qu'une séparation où l'infidélité n'a pas sa part de responsabilité lui semble plus douce.

Sauf que, pour François, c'est exactement l'inverse. Il aurait probablement admis d'être quitté pour un tiers, plus jeune qui plus est, italien de surcroît, parfaitement exotique, mais apprendre qu'en réalité, elle va le remplacer par personne, par de la solitude, constitue la pire des mortifications.

Alors il recouvre un semblant de force, un résidu de rage excipé des profondeurs.

Il dit : « Donc tu préfères être seule qu'avec moi ? »

Son don pour les résumés. Au moment le plus opportun.

Et elle, au bout du fil, d'un coup, sans voix. Parce qu'elle n'a rien à objecter à une vérité aussi éclatante.

Oui, c'est ça, absolument, elle préfère être seule qu'avec lui. Et les raisons en sont extraordinairement simples : elle ne veut plus de la bienséance, de l'hypocrisie, de leurs faux-semblants, de leurs grimaces rassurantes, elle ne veut plus de leur léthargie, leur langueur fatale, leur petite mort quotidienne.

Luca lui a révélé qu'elle était encore vivante, encore capable d'emballement, de ferveur, de fièvre, de lâcher-prise. Et quand on a fait pareille découverte, comment continuer à vivre dans la torpeur, la facilité ? Ce n'est même pas une question de courage. C'est juste une question de respect de soi.

Cela, elle ne le dira pas.

Elle murmure : « François... », « François... », comme on sermonne, comme on soupire, comme on renonce. Elle dit le prénom, pour la dernière fois. Désormais, ce sera autre chose. Ce sera une identité sur les papiers d'un divorce, quelque chose de séparé d'elle, de lointain, d'ancien, quelque chose qui n'aura plus rien à voir avec l'intimité, avec les sentiments. En disant le prénom, elle l'enterre, elle l'envoie dans la mémoire.

L'hiver est là, et pour longtemps.

Sur la plage, le sable a durci, viré au gris et, au loin, les eaux sont sombres et lourdes. Il ne descend plus de passagers des ferries. Les hommes du port soufflent sur leurs mains calleuses. Au bar de la Marine, la patronne règne sur un silence. Dans la ville, les rues pavées sont presque désertes. Il demeure quelques chiens errants, des enfants abandonnés, des mendiants.

Comme chaque jour, Louise est installée derrière la baie vitrée, dans la villa sur le promontoire. Elle écrit. Elle finit le livre. Elle arrive au terme : la femme veuve a accompli son deuil grâce au jeune homme de l'hôtel, elle se sent capable de repartir dans la vie, elle accepte sa solitude.

Puisque au fond ce pourrait être ça, l'harmonie : accepter sa solitude.

Louise songe qu'elle écrit des livres sur la fragilité, le désir, le vacillement, et finalement l'équilibre. Elle raconte le destin des funambules. Elle ne sait rien faire d'autre.

Anna l'a appelée tout à l'heure, afin de prendre de ses nouvelles. Elle lui a répété qu'elle pouvait rester autant qu'elle le souhaitait dans la maison de Livourne. Louise l'a remerciée. À la différence de son héroïne, elle n'est pas encore prête à regagner Paris. D'ailleurs, y a-t-elle sa place ? Elle se demande si sa place n'est pas plutôt là, dans cette Toscane maritime, dans le lent passage des saisons.

Car elle est calme, désormais. Son regard s'est vitrifié, adouci. Tout son corps est plus tranquille. Même ses pas sont plus lents. Et sa voix s'est posée, débarrassée de toute urgence. Elle aime cet état, dans lequel elle se sent inatteignable. Oui, ce pourrait être sa place, ici.

Au moment où elle s'apprête à s'allumer une cigarette, on sonne à la porte. Elle devrait s'en étonner puisqu'il ne vient personne, sauf Graziella, qui a sa clé. Cependant, elle doit à sa nouvelle quiétude de ne plus s'interroger inutilement. En s'approchant de l'entrée, elle est placide. A-t-elle compris qui la demande et en tire-t-elle une forme d'assurance ou, au contraire, se tient-elle dans une parfaite innocence ?

Dans l'embrasure, c'est le jeune homme, bien sûr.
Il dit : « Je voudrais revenir. »
Elle le regarde. Longtemps.
Elle lui sourit.

Cet ouvrage a été composé et mis en pages
par Étianne Composition
à Montrouge.

MIXTE
Papier issu de
sources responsables
FSC® C003309
FSC
www.fsc.org

10/18, une marque d'Univers Poche,
est un éditeur qui s'engage pour
la préservation de son environnement
et qui utilise du papier fabriqué à partir
de bois provenant de forêts gérées
de manière responsable.

Imprimé en France par CPI

N° d'impression : 2033270
Dépôt légal : janvier 2014
Suite du premier tirage : novembre 2017
X06277/07